满满
都是我对你的爱

顾西爵——著

Best Time

白马时光

All in Love

满满都是我对你的爱

［典藏版］

顾西爵 著

百花洲文艺出版社
BAIHUAZHOU LITERATURE AND ART PRESS

序

这样的人生

不知该从何落笔，实话说，有点手足无措，自认生平也干过不少“大事”了，但给书写序却是头一遭，有些紧张，这紧张包括终于被作者大人重视了一回，以及，这序该怎么写。毕竟本人不是文艺青年，文笔什么的就从来没有过。但这样的机会流失又十分之可惜，所以，豁出去了，写得不好就请各位看官见谅了。

为什么我要给序取标题为《这样的人生》呢？因为三毛女士用过，而小西又是极喜欢三毛的，所以我就投其所好，借用了三毛的这一篇散文名。小西爱三毛，家中的书里最全的就是三毛的全集，好几版都有收藏。其实她看的东西挺杂的，基本什么都能拿起来就看，上次我就看到她拿着一本关于绵羊的书看得津津有味，还挺积极地推荐给我看。我表示，看这书比让我数绵羊更能催眠。

看《满满都是我对你的爱》（以下简称《满满》）的时候我倒是很神清气爽，话说，“徐微雨”是我的艺名？据说萌“徐微雨”的人很多，甚至要求曝光“徐微雨”现实版的照片。我想说，谢谢大家的厚爱了，但是晒照片明显不符合我守身如玉的风格。

再者，作者大人一再强调《满满》是来源于生活却高于生活的，这话不假，比如我没“徐微雨”那么优秀，哼。再比如，顾小弟才没那么听话！说起小弟，貌似人气也很高，不解，难道是长得清秀可人的缘故？（无意间爆料了？清秀可人？）

不过，我不得不承认小西跟她弟弟的关系是非常好的。那种好是血浓于水，是外人说不得坏话的。姐姐包容弟弟，弟弟敬爱姐姐，也是我一直羡慕的一种亲情。好吧，也有嫉妒恨。

我这人占有欲比较强，现在是渐渐克制收敛多了，有时候她跟朋友出去，我也就问下跟谁去哪里做什么几点回来，就好了。爱情是很奇妙的，她可能不怎么出色（这话有点大逆不道？），但你就是觉得她各种好，各种吸引人，各种让你欲罢不能，各种在她面前像脑残。可那又如何呢，她是我喜欢的人，我就愿意俯首称臣。（小西按：是不是这序我会先过目，他才会写得这么煽情？）

小西性子比较淡吧，她嘴上不太会说我爱你、我挂念你这种话，但她会说等我们老了怎么怎么样。其实这话是最让我动容的，因为她是想要跟我白头到老的。

我觉得大家之所以如此喜爱《满满》，只因它不光是“徐微雨”和“顾清溪”的爱情故事，更是好多人的爱情写照吧。它很好地诠释了我们对爱情的向往——一生一世一双人，简单而纯粹。

徐微雨

目录

Contents

Contents

目录

Contents

Contents

CHAPTER

01

我反对你们结婚

第一章

这次去英国，回来时小弟也跟着一道回了国。

小弟在英国八年多，他是十岁去外面的，所以中国人博大精深的品质没有好好保留就被污染了。

这天中午我给花浇水时听到他在跟朋友打电话，隐约听到一句“son of a bitch”，我皱了皱眉，拿起沙发上的抱枕丢过去。

小弟吓了一跳，瞪着我，大概电话那边的人问他怎么了，他委屈地回：“my dear sister...”他想了好半天，“她打我！”

我差点笑岔气。

午饭后徐微雨打电话过来问我是否有空，我说得陪小弟。微雨说：“小弟几岁了？”明知故问。

我说：“十八。”

微雨回：“成年了，放着吧，不会出事的。”

小弟在旁边看着我打电话，直到我挂断他才幽幽说了一句：“我反对你们结婚！”

记得去年春节我去机场接小弟，半小时后看到小弟，穿着连帽卫衣，戴着墨镜，拖着行李箱，很装模作样地从大门口走出来。

看他还要迎风捋一下头发时我按了喇叭，小弟看到我的车子，马上弯着背猥琐地跑过来，谄媚道：“姐，你来了！”

我说：“你小小年纪戴什么墨镜？你一只手上戴两只戒指干吗？头发养那么长，遮住眼睛，难看死了！”

小弟被我说得垂头丧气，坐在副驾驶的男友低着头隐忍着笑。

小弟上车后，不敢对我反驳，只能壮着胆对嘲笑他的徐少发飙：“你凭什么笑我啊？小心我不让我姐嫁你！”

微雨“呵”了一声，这是他比较计较的话题，驳者杀无赦，是亲弟也不行，我有些担心地看了他一眼，结果他说：“那我嫁你姐不就行了。”

呃……

我这次去小弟那儿旅游，玩了一周，所以晚上徐微雨来接我吃晚饭，在车上他问我：“My heart，when we...sex？”微雨在德国六年，德语一般，但英语尚佳。

我温柔回：“你在德国那么多年，怎么没学到他们半点优点呢？”

微雨委屈道：“什么优点？”

“严谨，严苛，自律。”

“……”

仔细想想，跟微雨是从小就认识的，他并不是个很善言辞的人，到德国去之后就更加……不善言辞了，不过对着我倒是经常色眯眯的。

我记得有一次，他看我心情很好就大胆地问：“Dear 小溪，你可知道，我从小学就开始暗恋你了。”

我惊讶：“你感情发育得好早呀。”

徐微雨很受伤，大概觉得伤一下是伤，伤两下也是伤，于是破罐子破摔，问：“你到底从什么时候开始注意我的啊？说！”

我苦苦思索一番，“从你小学下课就跑我前面用 S 形走路开始。”

“……”

说起小学，有一次回母校，我在一棵以前经常跟朋友靠着说话的梧桐树上看到用小刀刻的两个名字——

顾清溪

徐微雨

说不感动是骗人的，因为……多么的言情啊。

只不过，老家的梧桐是市树，据说是受保护的。徐少爷，麻烦下次写名字，你能不能把我名字写在你下面啊，我好没安全感的。

不过比起我，徐微雨的安全感似乎更加欠缺，他出门总是要再三问我：“清溪，我带钥匙了吗？清溪，打我一通电话，我感觉一下手机在身上吗？”

我每次都睡得好好的被他吵醒，接过他递过来的我的手机勉为其难打他电话，然后看他从衣袋里一边拿出手机一边往外走，嘴里还说着：“嗯，一大早就开始想我了啊。”

貌似他欠缺的不是安全感……而是欠虐？

徐微雨有点点洁癖，有点点无赖，有点点小贱，但他在外人面前却总是清风朗月，遗世独立，孤傲中带着冷漠，冷漠中带着疏离，疏离中带着高贵。只不过回到家后，他就说：“洗澡洗澡洗澡。”然后几分钟后，浴室里传来他的声音：“顾清溪要不要来蹂躏我啊？”

我总想，这人可以再贱一点吗？

可每次对他印象 down 到谷底时，他就会又蹦跶起来感动到你。记得他在德国时，打我电话，电话里他说：“清溪，我想回来。”然后一直用德文重复“我想念你”。

我说：“我听不懂。”

他笑着说：“我知道。”

觉得又矫情又煽情可每次想起来又有点悲情。

有一次我主动跟徐微雨说："我们俩其实挺般配的，你爱买书我爱看书，你喜欢唱歌我喜欢听，你喜欢赏花我喜欢养花，你愿意娶我愿意嫁，天生一对。"

微雨看了我一眼，回："那你之前还逆天而行那么长时间。"

所以，我们最终顺应天命地准备结婚了。

CHAPTER

02

记得当时年纪小

第二章

微雨高中的时候是很文弱的一号书生，学习很好，传说中的优等生，只是苦于体育一般，不能做到全面发展，但他总“喜欢”跟一大票肌肉发达的朋友挤在一起打球，即使跟不上节奏。

有哥们儿问：“微雨，你不喜欢篮球，每次都打得上气不接下气的，何苦呢？何必呢？算了，拉拉小提琴吧，兄弟我不会嘲笑你的。”

据说当时徐少爷冷哼一声，“顾清溪那厮不是说喜欢运动型的男人吗？”

之后高二文理分班，分班前我收到一封信，上书：读理读理读理读理！

我私以为是诅咒信。

于是不信邪地念了文。

就这样，我跟微雨在文理上分道扬镳了。

但我们一直保持着纯洁的男女关系……

高二的时候，有一次我的自行车坏了，于是微雨载我回家。那天我是要回老家，路比较远。

十一月的天，微雨一路骑车过去，脖子那儿的尾发都是湿答答的，我看着很心疼。可那时候，那年代，心态多正直啊。我跟微雨就是正当的男女同学，让他载我已经很出格了。一路心疼，也一路在心里担心着如果在快到家的路上遇见熟人该怎么说？

最后果然就在半路遇见了在油菜地里忙农活的一位邻居阿姨，她远远看到我，喊过来："清溪啊，放学啦！"

我当时心里一直在默念："我们只是同学，我们只是同学……"

所以我一听有人跟我们打招呼了，我马上就喊回去："阿姨，我跟他只是男女同学，我车坏了，他送我回家。"然后我还认为自己很聪明地转移话题说了一句，"阿姨，你种油菜花啊。"

阿姨很意味深长地"哦"了一声过来，也不知道是"哦"在种油菜花还是"哦"只是同学。

然后，在骑出了一小段路后，前面的人说："她只是问你放学了吗？你说那么多……没用的干吗？"那个"没用的"现在想起来十分之意味深长啊。

"……"我那时头一次脸红。

然后微雨笑着嘀咕了句："种油菜？你可真油菜（有才）。"

“……”

有时候觉得微雨说话很直接，有时候又觉得含蓄得过头。

我有一个邮箱是很早很早以前注册的，早到大概是高中的时候。

后来高中毕业就不用了，渐渐也就忘了。

再后来，好几年之后，我要用邮箱注册东西，自己平常用的两个都已使用过，想了好久才把那个多年不用的老邮箱想起来。

进去时，看到那邮箱里将近一百封的未读邮件，都是来自国外。

徐微雨竟然一直没问，也未曾说起。

我把那将近一百封邮件花了一天时间看完，然后一一保存。

这人还真是闷骚到一定境界了。

如今，回想以前那最青葱的岁月，虽然短，却格外动人。

记得当时年纪小，你爱谈天我爱笑，有一回并肩坐在桃树下，风在林梢鸟儿在叫，我们不知怎样睡着了。

记得当时年纪小，不懂情也不懂爱，只是前后走在梧桐下，有雨落在树梢儿上沙沙响，我们傻傻相视而笑。

记得当时年纪小，不明分别也不明聚，有一种距离叫远不可及，你那儿的风我这里吹不到，只知一年春去又秋来。

CHAPTER

03

一个男孩子的爱情

第 三 章

前两天跟女朋友说起彼此的感情，她是“速食爱情”，她说彼此看对了眼，上床不恶心，就 OK 了。我说我不行的，我需要彼此了解，知道对方的心意是真诚的，也让对方知道我在意他。考虑在一起的可能性、合理性，考虑彼此的家庭，也想过未来我跟他的婚姻需要两人如何经营才能长久。

朋友听完摇头说：“你真现实。”

是的，我很现实，所以我那个浪漫主义的男友经常说我是冷漠的女人、残忍的女人、无情的女人，然后说他当年的少男心如何破碎再破碎。

我……想想，也是。

我一直不记得徐微雨给我的第一印象，只知道认识了就认识了。我甚至弄不清楚从小学一路上来，哪一年级是跟他同班的，哪一年级是分开的。

高中的时候，我选了文科，他叫我出去，拉我到了教学楼后面，他原地打着转，气恼了好半天，“你怎么这样？你怎么这样……”

他是文科好，我是理科好。

他迁就我选了理，我不信邪地选了文，真是阴差阳错。

我说：“微雨，我上去了啊。”

他愈加气恼，瞪着我，第一次对我冷着声说：“顾清溪，你要不要这么冷漠？！”

我看着他转身走了，不知道怎么处理这种事，只觉得很对不起。

我自然没无知到这么明显的言情小段落还看不出他对我有意思，可是当时我们都还小，哪来那么多深刻的感情，就算有一点小冲动、小懵懂，都是不成熟的。年少的恋爱尝试也好，错过也好，以后回忆起来都只是轻轻一笑，或许温柔，或许云淡风轻。

高二的一次大型春游，是学校难得给水深火热中的高中生的一项福利，组织去的是江西婺源，不记得坐了多久的大巴，下来时我有点晕车，同桌扶着我说：“清溪，你脸色好差，要不要喝点水？”

我说走走吹吹风就好了。

我同桌是一个文静的女孩子，性格上跟我有点像，所以我跟她很谈得来。我们跟在大部队的最后方，走在乡间小路上，觉得难得放松，前方的一批男生已经闹得厉害。走了一会儿，后面有人拍了拍我的肩，我回头看到徐微雨，我忘了他们理科班也是一道来的，文科班的在前面，他们后一批，他面无表情递出水瓶，“喝点水吧。”

我愣了愣，反应过来说：我不渴。其实是喝不下，胸口一直有点泛恶心。

他皱眉头了，说：“你的脸白得像鬼！”

我……

我同桌感到气氛不对，担心地小声问我：“清溪，我们要不要走快点，跟上前面的？”

我正犹豫，理科班的男生已经跑上来，叽叽喳喳的，“微雨，怪不得跑那么快，原来是找女朋友来了！”

“同学，徐少对你真的是心心念念啊，他丫一路上都在看表，哈哈，哈哈！”

“雨哥，表现得太明显啦！老班快上来了，悠着点儿啊！”

徐微雨看我的表情冷淡，阻止朋友，“行啦，你们！”

一群男生不再闹，嘻嘻哈哈地往前跑去。

徐微雨看着我犹豫地说：“一起走吧？”

我同桌看明白了，这时也没什么义气地跟我说“我去找某某”，说完就小跑走了。

徐微雨走过来托着我的手臂，我说不用，我能走。

他咬牙，“你就死撑吧！”

哎，我是难受，可被他这么一闹腾，就更加不好受了，看后面好多理科班的男生女生上来了，我说：“走吧。”

我们走在中间，我觉得很不自在。徐微雨曾经说我：爱面子超过喜欢他。事实上我只是不喜欢成为他人的焦点，不喜欢引起别人注意。我从小性格就这样，而性格这种长年累月积累的习性不是你说“改一下”就能轻易改变的。那天我跟上我们班的人，要跟他说再见时，他扯住我说：“清溪，我明年就要走了。”

徐微雨的感情比我付出的多很多，一直以来都是。而他也比我早明白很多东西。他最常说的一句话是：你让我等了那么那么久，我差点以为要等到白发苍苍你才明白！那我下辈子一定不要再遇到你！

高三是最痛苦的一年，我记得最深刻的是，每天睡不醒，做不完的题目，头昏脑涨，下课铃声上课铃声分不清楚，但这样的时间过得也很快，六月中旬的时候，我发现我的高中生活原来已经结束了。

那年夏天，小弟随父亲出国，我跟母亲送他过去，这是我第一次出国门，只觉得陌生和不适应，而当时年仅十岁的小弟，我想他应该是更加害怕和无助的，但他那时拉着我的手笑着对我说：“姐，我出国啦，嘿嘿，以后我要给姐买漂亮的衣服带回去！”

我说好。

我回国时，我的邻居叫住我，他说：“清溪，你跟你妈这段时间都不在家啊？”

我说是，出去了。

他说：“有一个男孩子，他前面两礼拜天天来这边等你。我看他从早等到晚的，就说你可能出去了，暑假都不在家。哎，你现在回来了，要不打通电话给他，知道他是谁吗？”

我说知道。

徐微雨也出国了，这年代出国似乎跟吃一顿肯德基一样平常方便。

大学里我结交了一批关系很好的朋友，她们个性或开朗，或无耻，或婉约。都说大学是爱情的圣殿，所以到大一下半学期的时候，身边的好友都神速交了男朋友，于是我这孤家寡人经常被鄙视、被说教。直到有一天，室长神神秘秘地将座机递给我，说：“溪子，找你的，男人。”

我疑惑地接过，“喂”了一声。

对面好久才出声：“是我。”

后来，据说我也有男友了。因为第二次徐微雨打来时，室长问：“说，你是我们家清溪的谁？坦白从宽，抗拒从严！”

他说：“她说是谁就是谁。”

室长大笑：“所有物啊！哈哈，行，知道了，清溪的所有物！”

他说：“清溪，到大学了，可不可以谈恋爱了？”

我不是什么出众的女生，真要说优点，那就是安静，还有便是良善吧。

我做一件事情会考虑很多东西，包括感情也是，所以徐微雨喜欢上我，吃了不少苦头。不过最初我确实以为他只是一时兴起，从小他就走我前面耍宝，可能过了新鲜感就会淡了。而我是慢热的一个人，对感情有点谨小慎微。

我问微雨，你喜欢我什么？

他说：不知道，说不上来，反正就是你就对了。

我说：那你知道我对你的感觉吗？

他说：知道，但你不知道。

我笑了，觉得两人傻瓜一样。

大学四年，一群女孩子给了我一辈子难忘的友情，我学会了睡懒觉，学会了偶尔打点游戏，学会了姑娘们在寝室里狼嚎我能纹风不动看书，这四年里有两名男孩子追求过我，但相比朋友的狂蜂浪蝶，我算是很冷门的，也对那两名男生说了抱歉。

徐微雨来学校找过我几次，远隔千里后的第一次见面，我记得他穿着浅色的运动衫，高高的身形，头发剪得很短，在阳光下显得特别干净。

他看到了我，嘿嘿笑，我当时鼻子莫名地有些酸。

他跑上来，踟蹰着，手伸了又放下。

我说怎么了？

他说，想抱下你，但怕你骂。

我们俩的第一次拥抱，是我抱的他。松开手的时候发现他眼眶红红的，我说怎么了？

他说感动的。

我们一直是聚少离多，我曾经想过两人的关系，从头想过来，发现真的是一部平淡又冗长的影集。

徐微雨说："平淡去掉！我这日子过得还不算心酸啊！"然后说，"冗长倒是有点，我的青春都耗在你身上了，你得对我负责。"

我说："你这话是什么电视剧里学的？"

他回来的那年，我还在学校里，他没有通知我，所以那天我回宿舍时看到他站在我们宿舍楼下我就再也走不动一步了。

他走过来拥抱住我说："清溪，我回来了。"

六年前他在婺源的那条小路上扯住我的袖角说："清溪，我明年就要走了。"

六年的时间，说长不长，说短也不短。

我们的感情虽然没有大的波折，可也不能说容易。远距离那么多年，能一路走下来，大半原因是因为他的坚持，而我一直想对他说：微雨，谢谢你的坚持。

CHAPTER

04

除却巫山
不是云

第四章

徐微雨看起来很斯文很正派，实际上却是奸诈又邪恶的。

他在外面举手投足都是冷冷清清的风韵。回到家就开始唱：“不要问我从哪里来？我的（di 第四声）姑娘在圆房，为什么留郎，留郎圆房，留——郎——”

刚好有一天跟好友电话，对方抱怨：“话说我还是一个处女啊一个快三十岁的处女啊，苍天啊！我想找一破处的男的都没有啊！”

我汗之余安慰她：“同病相怜，我也还没破处呢。”

这时正洗完澡出浴室的徐微雨愣愣站在了原地，然后扭捏状，“我愿意。”

我……

有一回跟朋友聊天，说到性生活和谐在情侣夫妻间的重要性，不由得想到了某人，同情心升起，于是狠了下心跟徐少短信，说："我们晚上要不要……"

徐微雨回："要什么？"

我挺不好意思的，我说："圆房。"

下一秒徐微雨直接电话过来，声音很公式化，估计有同事在他办公室，他说："我没意见，具体事项我们晚点再说，希望贵方……信守诺言。"

结果那天我经期提早来了。

徐微雨当日回到家的表情从满面红光到震惊惨白到委屈到落寞，最后得出一句："凌迟处死也不过如此。"

然后马上跑浴室去帮我灌热水袋，跑厨房帮我泡红糖茶。

我平日除了上课就是兼职、写东西或者画画，所以可以说是比较忙的；徐微雨平日除了工作就是发短信问我在干吗，在哪里，一起吃饭否，要接你不，所以可以说是比较无聊的。

我经常担心他会失业，可事实是他挺如日中天的，倒是我经常在换兼职，因为每学期的课程表都不同！

他有一次拿着我的课表拉着我的小手，含羞带怯地问："My darling，你什么时候安排一节徐微雨实践课啊？"

我……淡定之后回："目前还不想修这门课。"

对方开始极力推荐："只要上我这门课保证你通过，还免学费呢！另外，全程身体力行，手把手教，不会再教，再三不会再三教，教到会为止，保准您满意！”

有时想想……这传说中的翩翩佳公子真的蛮流氓的。

徐微雨这段时间在默默地添置野营工具，帐篷、睡袋……一天，大概万事俱备了，推开书房门含情脉脉地问我：“清溪，何时有休假？”

我说：“短期内没有。”

徐微雨一听，黯然回房间。

那晚他抱着我，指着天花板说：“看，星星。”

“……”

隔天一起去野营了。

徐微雨最近工作忙了，据说近期还要北上出公差，每天忧郁又颓废的，说：“一想到上了飞机，就要跟你隔十万八千里，感觉像是回到了当年，就觉得不舒服。”然后说，“清溪，你倒是安慰安慰我啊。”

我说：“来，摸摸。”

徐微雨一愣，红着耳朵甩了一句：“你下流！”

我……

徐少北上，上飞机前给我发短信：“我进关了啊。”飞机上发短信：“我得关机了。”两小时后发短信：“我出关了！”一小时后又发短信：“到酒店了。”我晚饭时收到：“我在 ×× 饭店 ×× 包厢。”晚上我看了两部电影要睡觉时，他发：“清溪，我睡不着，我想你行不行？”

“……”

隔天浏览网页时，在论坛上看到一位网友转载的关于琼瑶小说的经典桥段。

当我看到：“书桓走的第一天，想他。”

“书桓走的第二天，想他想他。”

“书桓走的第三天，想他想他想他。”

我觉得很有意思，就发给了徐微雨。

对面回复很迅捷，“你看看人家书桓的女朋友，你再看看你自己！”

然后开始滔滔不绝地对比，“我走第一天我发你短信，你回：在吃饭，晚点找你。第二天我打你电话你回我：要去见朋友，开车了啊，挂了。第三天我说：我后天回来。你回：啊？这么快吗？”

总结句是：“这日子没法过了！”

我……因为他走之前一直在家里念叨着，这次要离开两个礼拜啊两个礼拜。

微雨出差回来见到我的第一句话是："曾经沧海难为水，除却巫山不是云。"

"……"

CHAPTER

05

订婚了

第　五　章

订婚那天徐微雨穿得很……英俊潇洒，文质彬彬。看到我就问我怎么样怎么样？我说还行。吃饭的时候又问我怎么样怎么样？我说很不错。倒酒的时候又问我怎么样怎么样？我没耐心了，说，很行！周围人看过来，徐微雨笑道："没事，我老婆说我很行。"

"……"

订完婚后，徐微雨说要去旅游，于是报了团。

巴士上他就靠我肩膀上睡觉，我就奇怪了，老吵着要出来看风景的人上了"观光车"却是睡大觉。

我推推他头说："你什么心态呢？"

他嘿嘿笑着说："让我实现一下当年你坐前面车，我坐后面车，死活碰不到的情况，现在，让我圆满一下。"

我沉默半晌，说："这话有语病啊。"

微雨："……"

这两天天气热，微雨只穿个长裤，裸着上身在房子里走来走去，我看他两眼，他扭捏地甩一句："别耍流氓啊。"

我不看他了，他就在我面前晃来晃去不安生。

我最后投降说："你到底想干吗？"

他红着脸回："想。"

我很久之后，才反应过来。

深深觉得那句"流氓不可怕，就怕流氓有文化"，对极。

我的 QQ、邮箱账号和密码，徐微雨都很清楚，也经常让他帮我挂着。对此我好友说："这种信赖度和自信心现今社会已经很少有了。"好友又问："你男友的号你有没有登过？"

我说没有。然后朋友开始奋力怂恿我去登徐少的号！我听她讲得起劲不好拂她意就随口答应了，我那天回家，开电脑的时候就随口问了一句："微雨，要帮你登 QQ 吗？"

他愣了愣，说："不要！"

我看他表情怪怪的，心想，难道真的有所隐瞒？不过当时也没在意，之后一天我去书房，电脑开着，徐微雨人不在，他的号却在线上，也不算故意看，桌面上的窗口打开着。

"徐爷，有空出来吃饭嘛，带上你家小顾同学！"

“爷没空，顾清溪更没空。”

“你们是在生产报国还是怎么着？这么忙？主要兄弟们想见见你老婆嘛，多少年不见了。”

“你跟她很熟吗，干吗要见她？”

“别嚣张啊徐同志，小心我当面对你老婆说你这人高中时每天在寝室里幻想她！微雨你那高贵的形象哈哈哈哈哈！”

“呵，那你得有机会见到她啊。”

“……雨哥，有的时候，你真的挺狠的。”

我……关了窗口，看了看他 QQ 的归类，同学、同事、德国、亲人、爱人。爱人里只有一项，是我的号，徐微雨备注的是：My love！

我想可真够通俗易懂的。

我要站起身时，被后面的人按住了，我当时还真有点心跳加快。仰起头看到徐微雨正笑眯眯望着我，他眉啊眼啊都带了愉悦，说：“终于等到你查我号了，我表示很欣慰。”

“……”

周末去学校办点事，微雨也跟着去了。他不喜欢开车，从来都是赖副驾驶座上，今天很难得他开车，我坐旁边，疑惑地看了他一眼，他乐着说：“爷今儿高兴。”

他最近的口头禅是：爷……

我之前问过他，“你从哪里学来的？”

他答：“你弟那匹野狼自称小爷，得，那我就大爷呗，不过想想大爷又有点不靠谱啊，就干脆爷了，帅吧？符合形象吧？”

我看着身边的人，徐微雨在我的面前一直都是高中时候的性情。我忍不住摸了摸他的侧脸，他说：“怎么了？”

“没什么。”只是觉得很幸运，如果没他，那我的日子一定很冷清，读书、毕业、找一份稳定的工作，然后到了一定年纪父母会安排我相亲，可能会跟一个只是看着顺眼但也没有多大感情的人结婚。

我说：“微雨，你很帅。”

他大乐，“你到现在才发现啊！”

从来不缺乏自信的人。

CHAPTER

06

第一年夏天

第六章

前段时间装修，母亲让我画两张画放客厅，省得去买，花钱又花时间。于是，我又要开始画画了，可是家里的颜料干了，画布搬家扔了，所以得重新采购，于是隔天去了油料市场，中途小弟电话进来，上来就是：“Where are you？”

我说在买东西，他又说：“When back？”

我说：“你给我好好说中文！”

小弟摔手机，“那谁谁谁说英文你怎么不说他？他还说德语呢！你偏心，你无赖，你对得起我吗？我是你弟啊！”

我一手画板一手颜料耳朵下面还夹着手机，也火大了，说：“怎么着，他是我男人！”

对面静了几秒，然后我听到徐微雨的声音，“哈哈，小子，愿赌服输，拿钱出来！跟我斗你还太嫩。”

我……

小弟在家第二天，我就看到他 QQ 签名换成了：“回家真无聊啊！比学校还无聊。”

我当即跑到他房间拎着他的耳朵说：“还无聊吗？还无聊吗？”

小弟哇哇叫：“温柔的姐姐是恶魔啊！”然后喊，老妈救命！

我下意识就回：“你喊破喉咙都不会有人来救你的！”

抬头看到徐微雨站在门口，他淡定地回：“我该救谁呢？”

晚上被徐微雨拖着去他那儿，他洗完澡躺在床上，衣襟微敞，眼露媚丝，说：“清溪，你也对着我说一句‘你喊破喉咙都不会有人来救你的’吧。”

真的是……

小弟在家总待不住，没过几天就喊着要长霉了要出去遛遛，然后拉着我出去逛大街。

小弟看到马路上来来去去穿着时尚的美女，回头看看我，再看看美女，再看看我，然后很真诚地疑惑道：“徐微雨怎么会看上我姐的？”

“……”

一晚，跟小弟和男友去看电影，小弟想看《X》，男友说：“还是《Y》比较好。”我说：“那就《Z》吧？”小弟和男友都表示好。

徐微雨在国外的时候玩游戏玩得比较多点。

而他的游戏人物名字叫：清溪的男人。我看到时深深冷了一把。

而小弟吵着跟他玩过几次游戏，因为在现实中杀不了他，只能到游戏里去痛快一把！

“不过……他顶着我姐的名字，不能杀，可又看到后面那‘的男人’就他妈的特手痒！”小弟每回打完游戏都会这么号一句。终于有一天，他忍不住了，说：“徐微雨，你是不是男人啊？！顶这么个名字，给我改过来！”

微雨淡淡道：“我是男人，不是明写着吗？”

小弟：“你就不能用一个正常点的名字？！”

微雨：“你说‘清溪’这名字不正常？”

小弟：“你别血口喷人！我没说我姐名字不正常！啊啊，气死我了，你才不正常呢！你们全家都不正常！”

微雨回头对我说：“清溪，你弟弟说我们家都不正常，我现在是你的人了，你说他是不是也在说你啊……”

小弟吐血：“你，你，你……姐啊！！！！！！”

可怜我那没被人欺压过的弟弟每回都被徐微雨气得跳脚，屡败屡战屡战屡败。我真想告诉小弟你是真斗不过他的，微雨是对着市里某书记都能说一句“发型不错啊”的人，那领导是光头，据说微雨的爸爸当场“喷”了出来。

小弟在家的时间很快过去，到尾声了他倒开始恋恋不舍了，QQ 签名换成了：“不想走。”

但不想走还是得走，最后一天送他上飞机，已经比我高出两个头的男孩抱着我红着眼眶说：“姐，我走了啊，你要想我啊。”

我说：“会想你的。”然后说，“去了那边别学人文身，别泡酒吧，年纪小小泡酒吧只会让人觉得你在充老，一点都不会增加你的品位。有好的女孩子可以去追求，但别乱七八糟地弄一堆男女关系。头发长了就剪短点，让人看到你的眼睛。读书尽力而为，冷暖自己把握。”

小弟委屈：“你比老妈还啰唆。”

可是，你我都知道，除了你，我谁都不会那么多话。

小弟回学校后，打电话过来，说：“姐，徐微雨在不？”

我说：“找他呀，你等等。”

小弟马上叫道：“谁找他啊！我是先问问他在不在，我好跟你说话。”

这两人不知道又怎么不对路了，我说：“怎么了？他现在应该在书房里上网吧。”

于是小弟立刻说：“姐，你有没有觉得你跟他订婚太早了点呀？而且你不觉得徐微雨那人很狡猾吗？你跟他在一起以后肯定要吃亏的！”

我说："哪里狡猾了？"

小弟马上说："你等等啊，我发点东西给你看！"

然后，两分钟后，书房里徐微雨喊了我一声，他说："清溪，你进来一下。"

我进去疑惑地问："怎么了？"

徐微雨笑着指了指电脑，我 QQ 上小弟发过来的一张对话的截图。

小弟：我告诉你，别以为你跟我姐在一起我就会叫你哥了啊!

徐微雨：不用叫哥，叫姐夫。

小弟：……我靠!

徐微雨：靠我还不如靠自己。

"姐，你看你看，他讲话太流氓了太流氓了！不是君子绝对不是君子！我帮你试验出来了！"

我心想，小弟啊，比这更流氓的我也见过……

然后我看到徐微雨发了一句，"我帮你转告你姐了，不用谢我。"

"……"

真不知道这两人什么时候能和睦一点。

小弟跟我说在学车了，问我问题，我说："我这边跟你那边的规章制度不同。"想到徐微雨起初也是在国外学的车就对小弟说："你要不问徐微雨？"

对面回答得很坚决：“NO！”

我忍俊不禁，也有些好奇，“为什么不喜欢他？”

“他也不喜欢我啊！姐，你不知道徐微雨那人多毒！他竟然说我如果拿不到奖学金干脆自己买块豆腐撞死算了！他以为奖学金那么好拿吗？站着说话不腰疼！”

我实话实说道：“他每年都拿的。”

小弟愣了一愣，“他不是人！”

徐微雨一直靠在我肩膀上，此时“呵”了一声，说：“纨绔子弟。”

我推推徐微雨的头，提醒他：“我是纨绔子弟的姐姐。”

小弟在那端狐疑了，“姐，那谁谁谁不会在你的边上吧？！”

“嗯。”

“姓徐的，你太小人了！偷听算毛君子啊？”

徐微雨伸手接了电话，我也乐得轻松，就到一边去了，只听他慢条斯理地说：“老子什么时候说过自己是君子了？”

“那就是小人了？！”

“呵，比你大。”

“……你大爷的！”

“这话我最近爱听，再叫几声大爷来听听。”

估计小弟气得跳脚了，只听到他在那面叫着：“让我姐来听让我姐来听！我不要跟你说话！”

为什么这两人让我想到了……相爱相杀？

CHAPTER

07

甜言蜜语

第 七 章

昨天画画，画水彩，几笔勾勒了一个人，用的是青灰色，所以那人看着很有几分凄凉。突然有感而发就在旁边写了几句："你不想再看到我，那么只这一世，让我与你死在一起，我已没有轮回。下一世我不会再找你，因为我已没有轮回。"写完自己冷了一下。

后来这话让徐微雨看到，他看着那宣纸，又看了我半天，最后说："那我去找你。"

……这人的冷功比我还强。

徐微雨在家里越来越小孩子脾气，我怀疑他在外面是不是越来越冷傲。

早上他拍死了一只血淋淋的蚊子，在床上念念有词，"就算我们有染了，但我还是要把你灭了，因为我已经有爱的人了。"

"……"

我好多朋友经常会询问徐微雨关于经济的问题，甚至到最后连今年的肉价、明年的降雨量都问了。

我大学时期的寝室长有一次问："徐少，黄河里可不可以游泳啊？"

微雨答："你有什么看不开的吗？"

我高中的同桌，以前很文静的姑娘，如今已经很活泼，她问微雨："徐微雨，你在德国那么久，对那里算知根知底了吧？我毕业之后想去外面发展发展，德国怎么样？"

微雨答："这边如果没牵挂，不错。如果有牵挂，不如监狱。"

徐微雨玩游戏。我在外头看电视，有时去书房拿点东西，顺便就站他身后看他两眼。

后来他抬头看着我说："清溪，你可不可以不要站到我身边？"

我想，歧视吗？就问道："为什么？"

他扭捏了一下，说："扰乱军心。"

"……"

徐微雨对"经济形势"很有研究，所以每次同学聚餐，都会有人问他："微雨，你说我应该买哪只股票比较保险啊？然后，一生无忧，好吃懒做，坐吃山空。"

那一次聚餐我刚好也陪着徐少参加了，他指着正吃水果的我说：

“娶个这样的老婆，万无一失。”

我……当天没吃早饭，饿得要死，一直在吃东西，可是现场就水果、糖果、瓜子，要不就是饮料，那些水质的东西是越吃越饿的。

我那天算是吃够本的。

徐微雨几个朋友自驾游，那天聚集之后，领头人说：“各位，带上你们的必备品，咱们出发！”

徐微雨转头看我，笑着说：“走吧，必备品小姐。”

七夕节。徐微雨送了一只盆栽给我，说：“玫瑰就一天的保质期，但它至少能存活一年，然后我明年再送你一盆，你看，我们的爱永远都是鲜活鲜活的。”

小冷也小感动。

然后，隔天，我看到徐微雨对着那盆栽摇头晃脑。

“你怎么一天就掉叶子了呢？早知道买仙人掌了！”

“……”

徐微雨说到我跟他的名字。

徐微雨：“你看，我，微雨，下下来，慢慢地，就聚集成了清溪。”

我愣了愣，说：“别耍流氓！”

徐微雨：“……”

他这次是真的难得一次正经，以及唯美地耍浪漫。

我……

我经常会不小心弄伤自己，脚啊手啊，从小到大几乎没间断过。前几天把脚扭了下，竟然伤及了整个小腿的筋络。去医院看，那医生淡定地看了我一眼，说："姑娘你可真能扭啊。"

"……"

期间徐少一直冷着脸，去配药付钱，然后来领人。

其实我能走，可看他的脸色我就只能乖乖趴他背上了。

出了医院，背着我的人果然就说教了："怎么那么不小心呢？走路还能扭到，你是三岁小孩吗？……"

我好累，脚又痛，于是贴在他背上，说："微雨，我好困。"他愣了愣说："那你睡吧，我继续说……"

徐微雨说过不少甜言蜜语，但很多时候是他特傻帽的话感动到我。

这几天是真正的"腿脚不便"了，在家养着，晚上睡着也很不舒服。徐微雨躺旁边说："要不我帮你揉揉啊？"

我说："算了，别越揉越严重了。你说点什么来让我转移注意力吧。"

他想了想开始说："从前有个小男孩，他从小就在一个小女孩前走S形路线，结果那女孩子只当他在耍宝。”

我：“噗。”

“你别笑啊，真人真事呢，回头肯定让你感动。”他接着认真说，“有一回那女孩子家里有事，请了假。放学的时候老师就问，谁离某某某家近点啊？就是那女孩子家，帮她把作业拿回去。那男孩子一听马上举手说，我来我来！全班都笑了，呵呵……”

我提出疑问：“你家跟我家不是一个南一个北吗？”

徐微雨瞪我一眼说：“说故事呢。”

“呃……噢，然后呢？”

徐微雨继续说：“那男孩子到那女孩子家的时候去敲了门，来开门的是她妈妈。那小男孩特紧张，叫了声‘阿姨’，说‘我是来给某某某送作业的’，她妈妈说，小女孩的太奶奶病了，要她陪着，所以在乡下呢。她妈妈又问他要不要进去坐坐，说小女孩应该快回来了。男孩子有点犹豫，他想见她，可又不好意思。最后他还是进去了，在她家客厅里坐着。她妈妈给他倒了杯果汁。不知道是不是巧合，她妈妈拿的陶瓷杯上印着那女孩子的名字，上面还有一个卡通的女娃娃，这是她用的。那男孩子发现之后面红耳赤，之后捧着那杯子喝一口脸就红一分。很快那女孩回来了。她是亲戚送回来的，脸上很忧伤，她没有看见他，可能看见了，但没花心思，一声不吭就上楼了。小男孩呆呆地站在那里，眼里落寞得跟什么似的——”

我说：“怎么我不记得了？”

“你记得才有鬼了！”某人已经忘了自己是在讲故事。

我笑着问他：“那么后来呢？“

徐微雨恨恨道：“后来他就伤心欲绝地回了家呗！”

我说：“就这样？”

他跳起来，“你还想怎么样？对于一个纯洁如白雪的男孩子，这样的伤害已经是多么残忍了啊……”抱怨为主，求安慰为辅。

我觉得我的腿更疼了……

朋友聚会，几个朋友说到自己最怀念、最珍贵的时光。

轮到我的时候我说：“大学本科那四年，最难忘。”

我闺蜜：“那不正是刚好徐少不在那会儿？”

我：“……”

来蹭饭的徐微雨：“……”

闺蜜：“……”

其他男男女女笑喷了，“雨哥太可怜了有没有！”

徐微雨直接一个字，“滚。”

轮到徐微雨时，他说：“国外那几年……”

我心想，报复呢？

微雨之后又补了一句：“最难受。”

……

对他从不爱，到爱，到深爱，太理所当然。

CHAPTER

08

归属权问题

第 八 章

上次徐微雨北上出差时，我去见朋友。姑娘们都带了家属，我一个人去的。

A 拿出手机给我们看她男人新买的车，小 B 拿着 iPhone6 看一下新闻说一句话，小 C 腻在男友怀里说，亲爱的，什么时候给我买一个 LV ?

我……看着我的落伍手机，默默喝果汁，偶尔答一句，车很漂亮，LV 很贵呀貌似……

小 A 抽空问我："清溪，你家男人呢？"

我说出差了。

小 B："你这手机让我看看。"

我递过去。

小 C 说："溪儿啊，换了吧，都过时的型号了。"

我说这款我用习惯了，而且能用则用吧，又没坏。

小B“嘁”了我一声：“这手机啊就像男人，不是坏不坏的问题，而是拿出来长不长面子的问题。”

赶巧我手机响了一下，是彩信，这次是真的巧，是徐微雨发了一张他自己刚沐浴完的照片过来（他平时都不发的），几乎是全裸，头发湿的，幸好还算有点理智，下面围了浴巾。

当天ABC纷纷表示顾清溪这辈子不需要换“手机”了！

“……”

这照片之后我女朋友们手上都人手一张，逮谁都说：“这我男朋友！”

这事后来被徐微雨知道了，他委屈地说：“怎么我多了那么多女朋友我不知道。”

我看了他一眼，笑着问：“现在知道了，感觉如何？”

他幽幽地说：“我喜欢一夫一妻制！”

徐微雨有一帮关系很铁的朋友，平日有空出去活动，俗称男人帮。

有一次户外烧烤可带家属，徐微雨带我过去了，一到场就被人围观。

其实这帮人细数起来都算认识的，毕竟都是微雨的同学，而我跟微雨几乎一路同校过来。

有男生笑着跟我说：“同学，你可是徐爷从小到大的梦中情人！”

然后他说了一则往事。当时有我的参与，但我已经忘记了。

他说有一次我经过他们班外面的走廊，我见徐微雨在贴什么纸，贴得高所以有点颤巍巍的样子。我就说："我扶着你吧？"

他回头见是我，含羞吞吐地说："你扶我？那怎么好意思……其实没关系的。"

但我还是扶住了他……脚下的椅子。

他愣了半天，最后默默回首蒙头贴纸。

我听那男生说完就沉默了，完全忘记了有这么回事。

徐微雨忍着笑，在我后背戳了戳，说："欺骗少男的感情。"

"……"其实我想说，是你自己想太多了吧？

烧烤活动中。

徐微雨在我面前就算是跳脱衣舞都面不改色，但在外面就是"沉稳冷静"，也不能说是装的，他本质里是有一些沉静的东西。

好比，烤鸡翅时，他沉静地看着我："清溪，鸡翅烤熟一点。"

好……烤完了递过去，少爷又沉静地说："我想吃玉米。"

我是无所谓，他平时也爱这么装模作样地闹我，身边的人就异样了，打闹着说："不带这么秀恩爱的！"

徐微雨说："这叫秀恩爱吗？这叫秀归属权。"

几名男生纷纷表示，雨哥就是雨哥！完全掌握主权！

徐微雨瞟了他们一眼，说："我归属顾清溪。我只吃她煮的。"

“……”

有人叫徐微雨出去吃饭，他基本都回答：“得问我老婆。”

然后就看他在家里转悠一圈，接电话说：“我老婆说最近外面的东西都不太安全，得在家里吃饭。”

我……

有人问过他：“微雨，你女朋友是不是管你管得很严的？”

他幽幽地说：“当然严了，这年代好男人那么少了，不看紧点怎么行？”

“倒也是！雨哥文韬武略，顾家赚钱，样样精通！嫂子不看牢点说不定就被别的姑娘抢去了。”

徐微雨停了停，鄙视地说：“你脑子是不是有问题哪？我是一定要让她管得我严点，她松懈了我没安全感！”

“……”

就思路而言，为什么我觉得……是徐少你思路有问题啊？

基本上很多时候都是徐微雨一个人在杂七杂八地乱想。

有几次他躺在床上抱着我问我：“清溪，你爱不爱我？”

我说：“爱啊。”

他问：“有多爱？”

我摸摸他额头，“是不是发烧了？”

他默默转过身去了，过了一会儿又转回来抱着我笑眯眯地说："清溪，你说我帅吗？"

我说："帅啊。"

他马上问："有多帅？"

我不知道他今天又怎么了，就说："很帅啊。"

他开心地蹭，说："那你喜欢帅哥吗？"

我想了想说："不喜欢。"

他默默转过身去。过了一会儿又转回来，"嫁鸡随鸡嫁狗随狗，清溪，我都随了你那么久，不管是什么品种的，你都只能牵着走了。"

"……"

这人最近太无聊了。

CHAPTER

09

友谊天长地久

第九章

徐微雨回国那一年，被我正名之后，请了我寝室的室友们吃饭。

我们寝室长见到徐微雨第一句话是：“为嘛不是我跟你生在一个村？！”

徐微雨有礼回了一句：“就算我跟你一个村，我们也只能做兄弟。”

“……”

之后室长对徐微雨的评价是：“既有男人的成熟又有男孩的可爱！”

也不知道她是从哪里得出来的。

前两天大学室长跟我发信息说：终于谈恋爱了！

后一天她又发信息跟说我：理所当然我又失恋了！

问其如此神速的原因。

她答：他跟我在一起是因为他知道我爹是当官的，他爹也是，不过官职比我爹小。他跟我分手是因为我爹是反贪局的官，有必要这么急着证明自己爹是贪官吗？！

“……”

大学里的另一位好友去做了整形，以前她便一直自称“整容达人”，回来之后跟我说要去追求以前暗恋的男生，圆了自己的少女梦。

我说：敬候佳音。

隔天她跟我说，对方愿意了！

我说恭喜。

姑娘说：“但我没同意！”

我问原因，她叹了一声说：“当初惊艳，完完全全，只为世面见得少。”

“……”

整容达人：“溪子，我又想去整容了！”

之前整了容，跟年少暗恋的人表了白，然后觉得当年自己眼光很傻很天真之后，这姑娘又突发奇想来了。

我说：“你怎么又想不开了呢。”

“我刚刚对着镜子照了半天，发现人生没有了意义。”

“好端端干吗要自虐呢？”

达人：“……”

我：“……”

达人：“我只是想找一些闪光点而已啊！！”

我：“……然后发现全都是黑子（太阳表面常常出现的黑色斑点）吗？”

“……”

“……”

这段时间都在家陪家人，朋友来约出去玩都拒绝了，这次好友兰兰相亲，让我跨省陪着去，姑娘说是要用我的沉默寡言来衬托她的能言会道，用我的平常身高来衬托她一米七的模特身材。我说行啊。主要是刚好有事要去找她。

相亲完隔天兰兰电话来，说没成功，“对方拒绝的理由是喜欢乖巧娇小的姑娘，我还没嫌他壮呢！”

兰兰最后说：“清溪，我估计那人是看中你了。”

我说：“那你有没有跟他说我是有夫之妇了？顺便，我很纠结，我很娇小吗？”

兰兰：“难道是对比出来的？丫的原来我很壮吗？泪奔，我不是已经被你刺激得都减下去二十来斤了吗？”

想到此朋友一年前体重还在一百二十的时候，抱着我说：“我什么时候才能到九十斤啊？！”

“兰兰，你的胸部压着我了。”

“我胸还在下面！！”

“……”

自此以后她发愤图强，半年从一百二十减到了一百。

兰兰：“难道爱情真的跟体重成反比？”

我安慰：“你觉得一只小猪会去喜欢一只瘦弱的小鸡吗？它肯定是依然喜欢丰腴憨实可爱的猪！”

“为毛我没有感受到丝毫安慰呢？为毛呢？顾清溪。”

“……”

约在同一座城市的室长逛街。

中途室长电话响，她看了眼，没接。

我问：“怎么不接？”

室长答：“先夫，没什么好讲的。”

“……”

之后没多久，微雨电话来。我当时脑子慢了一拍还是不知怎么地，看着电话好久。

室长问：“谁呢？”

我顺口答：“奸夫。”

室长一愣，捧腹大笑之！

晚点徐微雨来接我。

室长远远朝他招手，“徐奸夫！这里！”

徐微雨过来，看了室长一眼，又看我，问：“这人又抽风了？”

室长咯咯直笑，抖得跟筛糠似的。

回去路上，徐微雨问：“刚她叫我什么来着？”

我淡定答：“姐夫。”

徐微雨“哦”了一声。

然后徐微雨手机响了下（短信），他查看，然后皱眉，然后笑，“奸夫是吧？”

“……”

短期内不想理的人，室长，不带这么玩的！

一天，吃晚饭的时候，室长打电话来，说：“又掰了！”

这姑娘换男朋友的频率，让我都忘了她这次的这个是从什么时候开始相处的。

我一边扒饭，一边关心状问她：“怎么又掰了？”她每次的分手理由都很千奇百怪，让我又惊又喜。

室长：“我穿连衣裙的时候，他穿马甲非主流！我非主流了，他穿西装！我他妈咬了牙穿了银行制服了，他穿 T 恤牛仔裤了！要分手就明说嘛，这算毛啊，果断掰！”

“……”

这次出去前，几个好友联系我，都是很长的短信，化妆品名单。我一一回复：此次去的是非洲。再无回应。

我郁闷，非洲好东西那么多，除了化妆品你们就没别的追求了？

达人代表了大家的普遍想法回过来：没。

室长心血来潮要来跟我吃饭。我说行，她说再叫上兰兰。

兰兰离我家大概两小时车程，不算远，我也好久没见她，就打了电话过去。兰兰当即答应：“太好了，马上来！他奶奶的我在相亲啊，姐姐太救人于水火了！”

“……”

兰兰大概是走回去了，电话那边说：“对不住啊，我姐姐生产了我得赶紧过去！”

“……”

然后室长又说：“要不再叫上达人？”

我不知道室长今天抽什么风，达人在大南方，如果坐飞机的话还有可能两个小时到。

我问室长：“你今天干吗了？不会闯了什么祸，呃，要给我们留遗言吧？”

室长瞪过来，“天蝎座还真是一针见血。我只是昨天晚上做噩梦了，梦到我们四个被追杀，死的死伤的伤，太难过了，所以今天一定要见见活着的你们！”

“……”

最后，自然达人没来，兰兰到的时候，室长正在客厅里打游戏打得疯癫。

兰兰一看说：“室长，你怎么又胖了？”

室长：“银行压力大啊。”

兰兰：“压力大你还胖？”

室长一边杀敌一边说：“唉，我逆生长嘛。”

“……”

大学那帮人只要聚一起，总是笑料不断。

饭中，室长问微雨：“徐少，你们单位有没有跟你一样的帅哥？”

微雨：“没。”

室长失望，“相似的呢？”

微雨：“没。”

室长绝望，“相反的呢？”

微雨看了她一眼，“你到底想说什么？”

室长淫笑：“徐爷，能不能给介绍个对象啊？”

微雨：“不高兴。”

室长：“为什么？”

微雨：“不想害人。”

“……”

高中闺蜜：照片看到了吧？我老娘很满意的一个小伙子，要我跟他相处看看。我死算了！像不像非洲人？太像非洲人了啊！

我：其实非洲人都挺帅的。

闺蜜：我最近都快被折磨得崩溃了！昨天终于受不了了，跟我妈说，我不喜欢男人，我喜欢女人！

我汗：你妈妈吓坏了吧？

闺蜜：问题就是没啊，我娘很淡定，她说“哦”，然后说，“那你就跟他相处看看嘛，小伙子工作好……”完全跟我在不同频率啊！

我：那你打算怎么办？

闺蜜：我还是死了吧！

有时候想想，那些被逼着去相亲的姑娘真的是不容易，很不容易，一边是家人的关心，一边是自己的坚持。压力大可想而知。

我经常跟有这些个烦恼的朋友讲，你再等等，等等他就来了。可这些话有多少说服力，我们都清楚，其实它也就是一种心理安慰。但我想，与其现在随便拉个人结婚，后面难受，还不如再等等，反正你都等了他二十几年。

CHAPTER

10

有个女孩叫兰兰

第十章

兰兰讲诉她家族的传奇史："我爹是在他七八岁的时候被收养的，收养他的爷爷奶奶是当时我们那儿有名的达官贵人，啧，投胎技术差了，还有这么一招！

"奶奶收养我爹后就从小抓教育，奈何我爹实在不是读书的料，熬了好几年都没啥出息，最后爷爷他们想算了，做生意管产业也用不着高学历啊。不过在继承家业前还是要让他去外面历练历练，无论什么年代只有吃过苦方为人上人，于是，我爹屁颠颠就出去闯荡了！

"我爹养过猪养过珍珠，跟人合作过养鸡场，他妈的全从养殖业开始有没有！我爹倒确实闯出了点成绩，不过在我爷爷他们眼里那些简直是狗屁！最后说别养了回来吧！顺便这次回来家里媳妇儿都给你准备好了！

"我爹一听大惊，媳妇？！这年头还包办婚姻啊！不行，这得抗争！无论如何得抗争，最主要是这关系到他后辈子房事是关灯还是开灯啊！于是我爹立马就尘土飞扬赶回来了！一看那媳妇，转身就跟我爷爷说那孩儿就全凭爹做主了！

“后来就有了我姐，后来又有了我。

“我小时候跟我姐互砍，再长大点跟我爹互砍，中学那时候我人称‘希特勒’，每天跟一群兄弟风里来雨里去，早上来上学时把西瓜刀借放在学校外的小卖部里，放学之后去那儿拿了西瓜刀赶去砍人，学习事业两不误有没有！多和谐啊！结果被我爹知道了骂得啊！搬了电视机就砸向我，我当时就觉得我跟我爹父女的缘分尽了，直到我后来扛了电脑砸向他时觉得我还可以当他女儿。

“大学我跟我爹的哥们情谊倒是越来越铁，我要什么他都给还多给，我姐出嫁了嘛，没人继承他家业了呀，他急了呀！我姐那浑蛋跑得还真快，她嫁了豪门，给那边生了两个孩子后，过起了我一直向往的生活，吃喝嫖赌有没有！现在我悲催了啊，毕业之后就操死操活地管那么大坨东西，每年还要有好几次下放到下面的厂里去体验艰苦生活啊！

“去年冬天达人约我去日本泡澡，我他妈当时在厂里扛东西扛得汗流浃背，跟蒸桑拿似的还泡毛澡！现在我每月十万的收入，个人，不是公司，算多吧牛吧！可他妈问题是我每个月的消费不足一千啊！我他妈每天回家累得像狗一样，实在饿了就爬起来啃点干面包然后就挺尸，等天亮后开始新一轮的悲剧！

“你们说！你们说这样的人生还不如出家算了啊！”

室长：你们有没有觉得在这一长段的悲痛陈诉中还隐隐透着炫耀？

兰兰：炫耀个毛啊！有种你跟我换来过过看！

室长：唉，我银行压力也大啊，你看我，不是每次都要找你拉存款嘛，啊哈哈哈哈哈！

兰兰：老子青春就这么几年，凭什么都浪费在增加银行卡的数字上面！

达人：青春啊，我现在就想去趟韩国做手术，我当初就不应该在中国做！

室长：你又不当明星，搞个锥子脸鱼泡眼，以后别说你认识我。

兰兰：唉，目前看来清溪是最爽的了。男人有才有貌关键还特听话有没有，而且清溪自己工作也轻松啊，家庭和睦有没有。

室长：清溪呢？

达人：不会又睡了吧？

清溪：……我在想，如果要比悲剧的话，真的没什么好比的。比你们辛苦的大有人在。我看你们完全是吃饱了撑着没事干，都洗洗睡吧。

兰兰：……

达人：……

室长：操，你是谁？！

清溪：女孩子别动不动就说操，男人才有这能力。

兰兰：……徐少？

达人：……

室长：……徐、徐爷，你不是南下出差去了吗？这么快就回来了啊哈哈哈哈！

清溪：……

我过去时，在电脑前的徐微雨就抱住我说："幸亏你没有近墨者黑！"

兰兰是很容易暴躁的女孩子，一爹毛就来跟我抱怨，比如："自从那年冬天我爹去澡堂子洗澡，金表在储物柜被人窃取之后，他今年又不死心地飞香港去买了一块更金灿灿的表来显摆！每次出门恨不能戴在脑门上。就刚刚，那浑蛋（就是她爹）自己忘了把那狗表放哪儿了，然后自己在大酒店里吃饭，叫我在公司找，我怎么也找不到，结果被他骂得啊！最后丫的原来自己睡觉睡相不好掉地上然后早上阿姨拖地板拖床底下去了！回来抱着那表啊……妈的我还以为丢了的是他外面养的私生子呢！"

我："……"

我曾经"受邀"去兰兰家住过几天。

只能说富人和我们老百姓之间还是很有差别的。兰兰是单独住，她父母分别有住处，偶尔过来奉献点父爱母爱。

兰兰住处的两名钟点工，每隔一天来打扫一次卫生，她们没有钥匙，所以来打扫的当天，每次都是准时六点钟开始叫门：“小姑娘，下楼来开门咯！小姑娘，开门喂！”

我每次都被这声音惊得跳起来，混混沌沌跑下去开门。

总的来说住在兰兰家，我都没能睡好。

再来，兰兰的父亲约我们吃饭，进的永远是包厢间，搂的永远是年轻姑娘。我第一次看到时不淡定了！

兰兰很淡定，她说：“一个出钱一个出力，很公平。”

兰兰后来跟我说，她以前清纯的时候也是介意的，不过自从知道她妈都无所谓，她还介意什么呢。比起鄙视老家伙，她更同情的是那年轻姑娘。不过看那些姑娘也挺自得其乐的，她不得不相信，这世界上能存在的总是有它一定的合理性。

兰兰：“即便烂疮也有它存在的理由。”

所以这周末兰兰约我去她家住两天，我果断拒绝了。

兰兰：“姐姐，让你来享受大餐、美容、刷卡，这都不要？全程三包，一条龙服务啊！”

我说：“能不能折合成现金，你直接打给我算了，我最近缺钱。”

“……”

兰兰说：“你男人呢？”

我：“这几天好多人问我，我男人呢？嗯，目前还用不到他。”

兰兰淫笑：“床上用得到就行了。”

我：“嗯，这两天在让他睡地板。”

“……”

大学里第一次见到兰兰，确实有希特勒下凡、满身杀气的感觉，以至于最初很长一段时间没人敢跟她轻易搭讪。而兰兰能跟我熟起来其实也是挺奇怪的，我这人属于慢热型，而兰兰当初是酷酷的女生，这样的两人理论上是很难深交的。兰兰后来跟我说我们的孽缘开始于，我，顾清溪是寝室里最迟一个到的，却是最先跟她说话的一个，而且还很轻声细语的！以及后来经常看她不吃饭会在回来时给她带上一份，我那时一直是以为她钱不够，后来才知道是富婆。

而这导致后面几年，室长要组织寝室活动都会先跟我说：“清溪，我们今天去吃大餐吧？你问问兰兰去不去？”

我说：“你怎么不自己问？”

室长：“我们问她她都当是放屁，你问她，只要问一声她肯定就去了，还会掏大头！”

或者班长说：“顾清溪，你跟庄兰兰说一声吧，关于什么什么的事……”

我说：“她就坐在我后面，你怎么不自己跟她说？”

班长：“……我不敢。”

我：“……”

很多次的班会，导师或者班干部在上面讲话，讲完了发什么卷啊通知什么的，让人上去拿，室长早睡着了，达人在听音乐，我懒得动，就拍拍兰兰的头说：“去拿一下。”

兰兰站起来就去拿了，后座就有姑娘探上来说：“清溪，你连庄兰兰都敢使唤啊？！”

……兰兰恐怖吗？我一直觉得她只是不擅长表达而已。当然这说法后来跟当事人说起时毫无意外被鄙视了，兰兰：“毛线啊（扯淡的意思），我只是懒得理那些人而已！”

兰兰跟室长的关系，在起初是不怎么好的，该说是性格不合还是八字犯冲呢？室长是属于外强中干型，用兰兰的话来说就是：“嚷起来最响那个，动不动就骂‘操’，但跑路时绝对是跑最快那一个！好比一场战争，我们往前冲的时候，她肯定是一边喊着‘冲啊’一边往反方向跑！”

兰兰跟室长相反，你不触及她底线，她都会忍你三分，一旦触及，直接打，后果她是从来不想的。

我第一次看兰兰打架是大二时，我们几个女孩子去学校外面吃饭，在路上时，有几个迎面过来的男的，看见我们就吹了几声口哨，我当时手里还拿着一个冰淇淋在吃，所以其中有一个男的就说了一声，“冰淇淋好吃吗？”语气很轻佻。

我们走出几米才反应过来，貌似被调戏了。

兰兰回身就冲到那刚才对我说话的男的身后，猛地就是一脚！那人翻在地上之后她又踩了好几脚！

旁边的人都没反应过来，那被踹的男的跳起来就骂，兰兰还要去踹，室长已经上去拖住了她，“行了行了！”对方那帮人也拉住了那男的。还都算有理智，没真打起来！

兰兰最后冷笑一声说：“饶你一回，再嘴贱就废了你！”

很强。

兰兰跟班长的 JQ。

班长是一个……长相文气性格活跃的男生，高高瘦瘦的。

他对兰兰有好感，但又不敢表白，所以经常拐着弯来跟我说，可我这人又是你说你的，我想我的……所以班长在跟我热情了小半年后，最终泪奔向室长的怀抱，室长直接跟他说：“操，你喜欢兰兰还不如喜欢我呢！”

而后，据说班长找了达人，达人当时只迷美国乡村歌手、日本漫画、中国色情小说、韩国整容秘籍等，所以班长又是无功而返！

再后来怎么样了，我就没再关注。应该是没在一起的，因为兰兰吃饭照样是跟着我去吃。

有几次在路上跟班长同学“偶遇”，他从五十米开外开始满面笑容挥手过来，他是目不转睛看着兰兰挥的，不过兰兰这人走路喜欢低头，所以基本班长笑得脸都僵硬了，也得不到什么回应，我有时候不忍，就朝他笑笑。

毕业后，班长有一次在 QQ 上含沙射影问我：“庄兰兰最近怎么样了？还好吗？呵，肯定有对象了吧？”

我这一次很认真地说："其实，如果你真心喜欢她，想跟她交往，何不自己明明白白地去跟她坦白。兰兰是直爽的人，不喜欢拐弯抹角。我也不会因为你说你可能还想着她，就去跟她说你有多么深情。兰兰的想法我不会去左右。她对你有意思或者没意思，都应该由你自己去问，去把握。我能跟你说的只有一句，兰兰现在是一个人。"我这话说得挺冷情的，但感情真的就是两个人的事，扯再多的人进去起哄撮合，不合适的终究不合适，最后还徒惹几分尴尬。

只希望若是有情人，那么早盼终成眷属。

我这几天一直在想兰兰的事情，就问微雨："你们男生都喜欢绕着弯说事吗？"

"不一定。"微雨嘿嘿淫笑，"我喜欢直接来。"

我推开他俯下来的头说："你以前追我的时候不是也含糊其词的吗？"

微雨瞪眼："含糊？我表现得那么明显、那么用力……我们同班时，我每次走过你旁边不是都碰你一下的吗？分在别的班了，我不是时不时给你传纸条吗？哪一刻含糊了？你说，你说！"微雨开始捧着心口做痛心疾首状，见我还是毫无所觉，最后埋头在被子里说："我死了算了！"

"……"只能说，世上没有一片叶子是相同的。

隔了几天兰兰跟我打电话，说起班长。我就问如何？她说："天南地北，门不当户不对，即使有心，也吃力。"

兰兰说门不当户不对时，她有点难受，她说有她爸在，这种事是想都不用想！"我老早就清楚了，所以没戏的事，索性一开始就别沾。"

A

CHAPTER

11

有种精神叫YY

第十一章

徐微雨的 YY 精神我是早领教过了，但说实话，跟我大学的室友比起来，那他还是略“逊”一筹。

1. YY 男人

大学寝室时期，我们话题的老三样就是：钱，包括抢银行，包括紫微斗数、八字算彩票；男人，包括现实，包括 YY；穿越，包括侏罗纪时代，包括 2012 年如何拯救全世界。

首先记录的是，男人。

我们寝室，男人的话题永远都是室长开启。

她通常是想了，就往床上一躺，四肢大敞，然后嚷：“兰兰，上男人！”

各种猥琐。

兰兰通常是在玩游戏，头也不回，“什么口味的这回？”

室长："清秀的。"

兰兰："好嘞！清秀的一只，四号床！"

这还是好的，很多次是走在路上的时候，室长突然指着前方一侧影说："前面那个，前面那个，我要前面那个！"

那是我见过的最猥琐的表情和最猥琐的口气。

达人："这个确实挺不错的。"

兰兰："啧，那让清溪去踩点吧？看准了我们就动手。室长，外头的货色要价贵三倍啊。"

室长："放心，姐有钱！"

我："为什么又是我打头阵？"

兰兰："因为你的存在感比较弱。"

我："……"

兰兰："你看啊，达人不化成鬼样不出门，室长太猥琐，而我杀气太重。你呢，没攻击力，长相不上不下，周身气息平和，就算人到他身边绕两圈他都不一定会注意你的，所以放心，去吧！"

我："……"

达人："那我是抄家伙打昏他吗？然后阿兰你将人拖回寝室？"

室长："那我去床上等着哈！"

兰兰："回来！室长，那人太高大了点，估计拖不回去，打个商量，你能不能外面解决算了？大不了价格折半。"

室长扭捏："野战？那多不好意思啊，人家还是黄花大闺女呢。"

兰兰："啧，好吧，大闺女，这样子的话只能让清溪也帮忙扛只腿了。"

我……

兰兰："放心溪子，会给你多点工钱的。"

正式开始，一半真实一半 YY。我只要走上去，听他们在说什么，最好能听到那男的叫什么名字，回来报告，任务就算完成了。

结果据说就算到他身边绕两圈都不会被人注意的我，刚上去，离那人还有十来米，那人侧头看到我，然后一直盯着我看。

然后在我想似有若无打算绕走的时候，他就跟我打了个招呼，"嗨，顾清溪，去上课？"

"没……刚下课。"

"嗯，我要去上课了。有空出来吃饭。"

"……好啊。"

后来那人跟上同学走了，而我这边室长她们跑上来问我，"那人是谁啊？清溪你认识的啊？"

"我不认识。"

这人，我到今天还没想起来是谁。

2. YY 穿越

室长："这年代怎么 YY 穿越不是 Y 到皇宫就是 Y 到碉堡里，太没劲儿了！要我说可以选择我一定选择穿越到恐龙时代。"

原本意兴阑珊的兰兰马上有兴致了："这好，我喜欢！什么时候去，我去准备准备！"

整容达人："我要带点防晒霜，最好再带把伞。哦，还有我的帐篷、保养品、美容品！"

室长："那边都是恐龙，真恐龙，谁会来看你的脸啊。"

我："我可不可以不去……下周就考六级了。"

室长："六级重要还是恐龙重要？！"

这没对比性吧？

终于，还是穿越了。

戈壁啊，苍鹰啊，沙丘啊，烈日啊，满目疮痍啊。

谁挑的地啊？

室长："我挑的，当然要选有挑战性的！难道还挑个山清水秀的地跟霸王龙去谱一曲'只羡恐龙不羡仙'吗？"

兰兰："老大，你太流氓了。"

整容达人："行了行了，来都来了！那边有一个岩石洞，我去看看能不能当我们巢穴？"达人拖着粉红色行李箱优雅走去。

我把东西放下，我只背了一个包，里面都是吃的，还有一张六级试卷。

我："接下来怎么办？"

室长拿望远镜一望，"怎么没恐龙啊？那边好像有一个悬崖，我去看看，清溪要不要一起？"

“我好累，坐一会儿，你们去吧。”我当即坐在一块大岩石的阴影下。

室长：“你才刚来就累？！好吧，我跟兰兰过去，你别乱走啊。哇哈哈哈我一定是第一个见到恐龙的人！”

兰兰把她的行李袋给我，室长只随身携带了一把军刀以及望远镜和手电筒。

我坐那四处望了望，还是苍凉啊。

于是，我开始做试卷……

N 久之后。

我看到兰兰朝我这边猛奔而来，后面尘土飞扬！

兰兰：“清溪！有美男！”

我忍住了想爆粗口的冲动，打断 YY。

“室长，你不是不屑美男，YY 到戈壁不是只想看恐龙的吗？”

室长躺在床上，优雅地侧身，用屁股对着我。

“哎，我想了想，没男人还是不行啊，即使在恐龙时代。再说他们也是组团来看恐龙的，碰上了就是‘猿粪’嘛。”

好吧，在戈壁滩上做六级还是在寝室桌上做六级其实差别也不大。

回到戈壁滩，YY 继续。

兰兰气喘吁吁，手指悬崖，“刚刚我跟室长跑到悬崖那边，竟然看到有人在被翼龙攻击！我和室长很惊讶，惊讶有三点：一、竟然真的有恐龙！二、竟然有人！三、TMD 竟然是帅哥！然后阿室立即拿出手电筒，照恐龙，一照一只死！救出了美男团！目前就是这样，我先跑来跟你沟通下，接去下怎么办？”

我：“等等，那不是……只是手电筒吗？”

兰兰：“室长说那是激光枪改装的手电筒，简称激电筒……清溪你怎么了？没事吧！”

“不知道为什么我突然感觉有点恶心犯晕？”

“怀孕了？怎么办怎么办？徐少现在还在几亿年之后的德国！怎么联系他啊？”

“……”

我们回去时，达人已经把岩石洞打扫干净（里面原本就干燥）。她搭了帐篷，旁边铺了粉色的床单当席地沙发，前方摆着一张小凳子，上面放着点着的蜡烛。而达人本尊正侧躺在床单上做瑜伽！

忽然有一种又穿越回去了的感觉。

果然室长当即被雷得穿回来了，“达人，你 TM 就一定要在这时候做操吗！我们现在是在恐龙时代！恐龙时代！拜托你投入一点专业一点 OK？！”

达人涂着指甲油，“我没事干嘛，那你叫我做什么？”

兰兰：“哎呀头儿，其实相比清溪在戈壁滩上做六级，达人敬业多了。”

我：“……”

室长恨铁不成钢，最后咬牙说："好了都跟我回去，继续YY！"室长装作刚赶回洞口的样子，气势如虹道："姐妹们，听好了！刚刚我已经跟住在悬崖另一边的美男团结成了友谊之邦，以后我们可以跟他们暗度陈仓，暗通款曲！今后有空就相约看恐龙，偶尔也可以在戈壁滩上你追我赶一下！"

室长下一秒已经YY在戈壁滩了，夕阳，金沙，一男一女，一恐龙，慢动作放，室长："啊哈哈哈哈，来追我啊……来追我啊……啊哈哈哈……你追不上我，你追不上我。"

兰兰看不下去了："室长，你后面又来了一只喷火龙，小心啊！阿室！哎，怎么就焦了呢。"

室长："……"

3. YY银行

大学的寝室群。

大学时期我们已经YY很多次抢银行了，但苦于团队每次都出现猪一样的队友从来没成功过。

这次室长又决定再抢一次。

分配任务时有人提议，这次让清溪守外面把关吧。

室长："你脑壳坏掉了吗！让清溪把关，她五分钟绝对神游太虚你信不信！"

整容达人："要不让兰兰来吧？"

室长："兰兰！阿达你脑壳坏了修了又坏了吗！警察来了她肯定说我给你们带路你信不信？如果我们要武装暴力，她绝对跟警察说我当你们人质你信不信？我们被抓之后她绝对说我不认识她们你信不信？！"

兰兰："小室啊，话不能这么说，人嘛都要为自己考虑哈哈！我会在法官面前帮你们求情的。"

我："还抢不抢？不抢我去睡觉了。"

室长："你们看！还没抢她就要去睡觉了！"

我："……"

兰兰："要不这样，达人把关，我跟室长戴丝袜，清溪接应，怎么样？"

室长："……好吧，这分配没试过，我们试试！"

正式 YY 抢。

室长跟兰兰戴上了丝袜。

兰兰拿镜子照了照，"太难看了吧？"

室长："又不是去找对象！专业一点 OK ？！"

整容达人："好了别吵了，清溪都要睡着了。"

室长："行行行，赶紧赶紧！抢完了睡觉。那达人在银行前门下车，随时注意周边环境随时回报！清溪开车到后面那巷子里等，我们会合之后只要开出巷子，开到我事先买好的仓库，我们下车走暗道！大家都清楚了吗？我就不信这次还成功不了，兰兰，我们走！”

我：“室长，我能不能说一句……”

室长：“没时间了，清溪乖，有什么话等我们发达了再说！”

N 久之后，监狱。

我：“室长，我当时想跟你说的话是，我觉得达人……会在你们进去的后一秒就报警的……”

整容达人坐玻璃外，玩漂亮的指甲，嘴角微微扬起一抹清雅的笑容，“我只是不想看你们走上歧路而已。”

室长、兰兰：“Fuck！”

我：“我回狱房了，好困。”

这次是 YY 抢银行史上最快速被捕的一次。

后来，毕业了，室长进了银行工作，她刚进去就说：“在银行上班最痛苦莫过于过手的钱都不是自己的！”

不过即便如此，室长对进银行还是抱持着一种诡异的兴奋。很久之后我们才明白。

室长工作一年后，再度 YY 了一次抢银行。室长作为“业内人士”提出了宝贵的意见，以及做了内应。

不过那次依然失败了，因为，中途我到点去睡觉了。

隔天去翻记录，室长：“清溪呢？他妈的，我们接应的人呢？！”

达人：“估计睡了，得，都洗洗睡吧。”

兰兰："唉，明天又要早起去上工，睡吧睡吧。"

室长："喂，我还在保险库里啊啊啊！喂喂！"

"……"

4. 寝室群日常吐槽篇

达人："哎，最近我身边好多人都结婚了，压力啊！我们与世无争寝室是溪子第一个嫁出去的，给点指点吧宝贝儿！"

兰兰："清溪总是打头阵的。我觉得下一个是我。其他两人我已经不抱希望了。"

达人："你？呵，除非那人是受虐狂。我觉得室长有可能，一激动就……"

兰兰："室长的问题是她激动没用啊，人家男的都不激动啊。"

我："可据我听说，不都是室长甩人的吗？"

兰兰："听谁说的？！"

我："室长。"

兰兰、达人："……操！"

室长："姑娘们我来啦啦啦啦！大家都在说什么呢……"

室长："操！"

达人："室长，你今天召集我们大家到底来干吗的？抢银行就算了，每次都进去，你都不厌吗？"

室长听到这个就发飙了："是谁拖后腿才屡屡造成进监狱的结

局的？啊！抢到半路去睡觉的，临时起意去报警的，火并时说要先上个厕所的，被追捕跑路时说突然要去化个妆的，被抓之后不说我们事前串通的台词而是马上说我全招请放了我的！他娘的，我每次计划都那么详细完美，之所以失败，都是因为有你们这群猪一样的队友！”

兰兰：“哎呀，阿室，话不能这么说。”

室长：“滚你的！从今天起我要一个人浪迹天涯，一个人抢银行，一个人发达，一个人左拥右抱，哇哈哈哈哈哈！”

兰兰：“最后一个人进监狱。”

室长：“……”

5. 曾经

室长只要在网上看到一个有深度的黄色笑话，都会读出来共享之。而通常都是在其他人无声（懵懂，深思）时，我：“噗！”

室长：“……原来清溪才是真正的淫才吗？！”

兰兰：“……这就是传说中黑马。”

达人：“我跟她睡了那么久竟然都没有发现！”

我：“……”

我：“其实换个角度说，这也可以理解为智商的高低啊。”

达人吹了下刚涂的指甲：“头儿，她是不是在暗示我们智商低啊？”

室长："溪仔向来不暗示的，她是明说。因为语气很温婉所以容易让人产生错觉。"

兰兰："都到这份儿上了，打吧。"

我汗："室长，我要求说最后一句。"

兰兰："别！通常清溪最后一句话都能力挽狂澜。"

室长："你怕什么，有我在呢，我是个有原则的人！说！"

我："呃，后天开卷考国际经济，我资料都准备好了。"

室长："打毛打啊！清溪是能随随便便打的吗？达人别涂指甲油了，清溪不喜欢化学味道，还有你兰兰，动不动就喊打喊杀，你当我们是黑社会吗？！"随后看向我，和颜悦色，"清溪啊，听说最近徐少要飞过来看你啊，我们家清溪就是这么有魅力，瞧这小脸儿，瞧这水润的大眼睛，瞧这殷红的小嘴儿……"

达人："老大，说真的，我见过猥琐的还真没见过你这么猥琐的。我要跟徐少打电话说你调戏他媳妇儿。"

这些日子都快要忘记了，趁还记得，记下一些。虽然平凡，但真的是珍贵。

人的一生总会碰到一群人，让你想回到过去。

CHAPTER

12

婚前日常之 二货们欢乐多

第 十 二 章

丰富多彩的一天。

从凌晨徐微雨电话过来，就为了提醒明天是清明节，忆故人。

早晨睡到六点，小阿姨电话来说找到一帖神秘美容药方，问我是否科学。

好不容易说服阿姨莫尝试偏门，挂断电话想要补眠，母亲大人破门而入，说，听到你起来了，那就赶快起床穿衣服吃早饭。

迷迷糊糊吃了早饭，想回去再睡。

小弟说天气真不错啊想去踢足球，又说人生地不熟要我陪着，于是不得不去了离家不远的一所高中，看他三分钟就跟球场上的一帮人混熟，想睡觉……接到几束目光，小弟跑过来说，姐，有人问你几岁了。

我……线衣牛仔披头散发，是老还是不老?

终于跟小弟说我得先走，刚要开出学校，差点撞到一名飞车少年，吓得大半清醒。

回到家，久未联系的大堂弟电话说要来找我，遇到了感情问题，我等了他半小时，听他说了两小时……中饭时间到，他说：“老爸在过清明，我得回家了。”看时间，“哎呀，跟你说了那么久，回去肯定要被老爸骂了！”

我……吃饭，中饭完，母亲大人跟着我走进房间，等我刷牙完，笑着说：“女儿，好久没跟你聊体己话了，我们说说话吧？”

然后跟母亲聊……好困好困，终于母亲大人一句“还是生女儿好”之后满意离开。刚倒床上，徐微雨来电，问：“想我吗？”我：“想睡。”

这两天不知道为什么心情郁闷。所以那天中午出去，当我看到后面一辆警车一直跟着，我让边了它也继续跟着，不由皱了眉头，后面跟警车的感觉并不好。然后我更不知道怎么地就很自然地伸出手去比了一个中指。

然后，然后那辆车就真的不跟了，超前了，拦我前面了！

我意识过来万分后悔，早知道就比大拇指了，真的。

警车上的人下来了，我下车，等着噩耗，结果对方上来很兴奋地说：“顾清溪，真的是你啊？！”

我看对方人高马大，但真的是不认识的。

他说：“我是徐微雨班上的啊！”

……我不认识，但我有了不好的预感。

他说：“我刚看你从银行出来，就觉得眼熟，就跟上来看看，刚开始还不确定，中途你朝我比中指哪，我想肯定认识的，不然谁敢跟咱警察比中指，哈哈！对了！听说你跟微雨同志快结婚了啊，恭喜恭喜！”

……

果然晚上接到徐微雨电话，他笑得很欢，他说：“听说你朝警察比中指了，哈哈哈哈！你强，那仁兄我都不敢朝他比中指！哈哈哈哈！我太爱你了！”

有一天小弟传了一张照片给我，问我：“姐，这婚纱好看吗？”

我说：“挺好看的啊。”

小弟马上说：“那我送你吧！”

我疑惑，“你有钱吗？”

小弟说：“当然，我攒了多少年了！姐，让我送你吧，婚纱就应该是你最爱的人送你的！”

徐微雨站在我身后，冷冷地说：“让他去死。”

晚上微雨陪着我去做头发，其实是一直没时间剪，养太长了，结婚的时候要做发型，太长不好弄，所以定了时间先去剪短一些。

发型师问我：“要怎么弄？”我还没说，之前一直玩着手机走进来的徐微雨抬头说：“剪短一点，但别太短。”

发型师看看我又看看徐微雨，说：“那顾小姐需要另外的护理吗？染色或者烫卷？今年茶色大卷挺流行的。”

微雨说：“不需要。只要剪短点就行了。”

“那……”

微雨说：“那就赶紧的吧。”说完很自在地坐到旁边继续玩手机。

“……”

我忍着笑，果然是在外面越来越那啥……冷傲了。

后来那发型师给我做头发的时候，偷偷跟我说：“顾小姐，你男朋友好跩啊。”

我想解释一下，徐微雨只是习惯性有一说一，在外面他一向不多废话，呃，传说中的面瘫。结果我还没开口，那发型师又说了一句：“不过比你弟弟好很多。”

我想起上次带小弟过来剪头发，刚进门他就说：“叫最好的发型师过来！”洗头的时候说：“我只用 ×× 的洗发水。”理发前又说：“要 ×××（某一国外男明星）的造型！”我当时直接跟理发师说：“剪小平头。”

“……”

小弟那年假期在家窝了两个礼拜才出门，我一直觉得男孩子应该把头发剪得干净清爽才好看。

小弟一周总会跟我通一次电话，说一些他那边的事情，顺便抱怨，以前是抱怨他那边整天下雨、没美女（是男校）、食堂饭难吃，现在主要抱怨……徐微雨。

“姐，你干吗老是让徐微雨用你电脑啊？我跟你说话都让他知道了！”

“事实上是我用他电脑。”

“……那我给你买一台吧！”

“我自己有。”

“……你偏心！”

“……”

这通电话挂断的半小时之后，徐微雨收到一封匿名电子邮件。

“警告你别让我姐再用你的电脑！”

徐微雨摇头说：“这少爷真是蠢得别出心裁。”

“……”

事故发生在今天下班开车回家时，差点与另一方向的车道上转过来的一辆奥迪相撞。

对方下车来，是一个穿着痞气的高大男孩子。

我有点头疼，刚应该没撞到，我没听到声音，而就算真撞到了也不是我的过错，但我实在不喜欢跟人理论，若吵起来，那我就更没办法了。

对方面目严肃，敲了敲我窗。开那种车的人都是有点脾气的，不管谁对谁错。我摇下车窗，结果对方马上点头说：“对不起啊，我刚开错道了，一时心急就转弯了，没看后面，幸好没撞到。抱歉抱歉！”

“……呃，没事。那你把车倒回去吧，等我开走了，你再过来。”

“好！”小伙子要走开了，又回过来，“对了，你知道 × × 花园怎么走吗？我是外地过来的，不认路。”

我心想，真巧，那 × × 花园就在我住的小区隔壁。我说：“你要去那里？”

“对对。”

我其实并不想多管闲事，但还是说：“要不你跟着我开吧？我路过那边。”

对方很感激，连说了好几声谢，跑回车里利索倒车了。

后来，那辆很彪悍的白色奥迪就跟在我后面，以六十码的速度前进，我一贯不求速度，安全第一。

到目的地的时候他下来又跟我道谢。

他笑嘻嘻地说：“真的谢谢你，否则我都不知道要怎么找到这儿了。”

“顺路而已。”

我心想，人真不能貌相，打扮很痞，性格不一定就不乖。结果，在我发动车子时，他接了响起的电话，“Fuck you 啊，你以为老子时间很多啊！我到了赶紧出来接我！”

“……”

我和徐微雨，还有微雨的妈妈——我未来的婆婆去买车。

徐微雨的母亲是老师，为人很和善。我第一次见到她的时候，她很顺口地就叫我闺女了。让我有点不知所措。微雨乐着说：“我妈见你照片没见你人时就叫你闺女了，喜欢你超过我！”

徐微雨母亲笑着对儿子说：“难得有自知之明了。”

后来我跟准婆婆相处融洽，我母亲说跟婆婆相处要亲而不腻。我想其实要腻我这人也腻不起来。亲的话，我觉得也不用特别去亲近，真诚以待就行了。

说回买车上面，婆婆问我哪款好一点，我说：“耗油和安全方面，我觉得德国的好些。”

婆婆笑眯眯地说：“德国的啊，那问微雨吧？”

我……婆婆我是真觉得德国的车相对好一点，没别的意思。

微雨过来搂着我说：“妈，清溪一向偏袒我。”

“……”

婆婆认真说：“清溪啊，你也不能太偏袒他，这小子容易自我膨胀。如果以后他欺负你了，你要告诉我，我帮你修理他！”这话里我真的听到了百分之百的热忱。

那天定完了车，送婆婆回去，顺便在那里吃了饭。

徐微雨的父亲是很开朗开明的人。饭中微雨靠过来跟我说想吃牛肉，我就夹给了他，后来又说要喝汤，我刚要起身，微雨的父亲皱眉说：“清溪，让他自己舀！”然后说，“以后他要是使唤你，跟我说，我帮你教育他！这小子太把自己当回事，不骂不成体统！”

“……”

晚上回去，微雨坐在副驾驶座上低头笑，最后终于忍不住了，过来揉我头发，“你真是讨人喜欢！”

我说你故意的吧？

他呵呵乐，说：“我爹妈都站你那边了，我这孤家寡人表示需要一点安慰。”

我说：“回去给你。”

他一愣，红着耳朵看窗外，对着风景说：“说真的啊？”

我说：“嗯，回去给你放洗澡水。”

“……”

有一天晚上住我爸妈家，睡前吃了消夜，后来躺床上时徐微雨摸我肚子说：“有小肚子了。”

我说：“就算模特儿吃个苹果下去照样也会突出来。”更何况我吃了一大碗饺子。

微雨笑眯眯地说：“我就没有，你摸摸。爷的身材那是杠杠的。”

我摸了一会儿……确实挺标准的。

徐微雨说：“往旁边还能摸到骨头。”

我摸过去，微雨“嗯”了一声，说：“然后往下。”

“……”

我起身，拍拍他脑袋说：“自己动手，丰衣足食。”

微雨见我下床，往门口走去，后知后觉地跳起来叫道：“你干吗去啊？给我回来！”

我说看电视消化去。

微雨沉痛，“那我怎么办啊？起火了都！”

我说，“自己灭。”

“灭不了！”

我刚开房门，就被他跳过来关上了门，他半压着我说：“你个没良心的！有你这么折腾人的吗？”

还恶人先告状了，“是你自己在那瞎折腾……起来的吧？”

“反正你得负责！”

这时候门外我妈唤道：“怎么啦你们两个，晚上不睡觉在闹什么呢？”

我刚要说就被徐微雨按住了嘴巴，他说：“没事，妈，刚清溪脚抽筋了，我在帮她按摩。妈您早点休息。”

我妈“噢”了一声就走开了。

我郁闷。

他一放手我就说：“你竟然说谎。”

微雨奸诈地笑道：“难道要我告诉你妈我们在干吗？”

“……”

之后，我在房间里翻书。他闷在被子里说：“你狠！”

这一连几天我都住自己家。这天微雨来接我去吃饭，终于是两人单独了，微雨说：“总算可以摸摸大腿，掐掐小脸，搂搂抱抱动手动脚了。”

总觉得有点猥琐啊。

然后，他开车之后，伸手过来拉我手……贴上他脸，“好了，摸吧。”

细细想来，有种微弱的违和感……

路上经过一家烤鸭店，于是下车买鸭爪子当消夜。

车是我开的，所以微雨先行下车走到店面前，我停好车跟上去，然后听到那老板说：“先生要买点什么？”两秒后，“小妹妹你呢？”

我……低头看自己穿着的背带裤，抬头看徐少的休闲西服（他是下了班过来的），默了。

这时徐微雨笑着对我说：“小妹妹，想吃什么？哥哥买给你。”

“……”

之后很长一段时间，他的口头禅是：“来，哥哥亲亲。”“来，给哥哥抱一下。”“哥哥还要……（没吃饱，要加饭）”等。无耻得要死。后来那口头禅消停，是在一次饭桌上，我亲和地问了我堂哥一声：“哥哥，还要加饭吗？”

我的朋友对徐微雨都有点“敬畏”。好比如果有人向她们探听顾清溪的男朋友如何如何，基本上都只会说：“他啊？我不敢乱说。”“清溪男朋友啊，哎，我也不清楚啊，人神秘着。”“徐微雨？我真不熟啊。”

这些症状的起因是，我跟微雨有一次闹别扭，原因说起来其实很小，就是情侣间意见不合。而产生分歧时我通常不会去争论太多，一次说不通会选择走开，自己想想，也让对方想想。想通了咱再来说。好，那这段时间呢，就各管各。

所以那时候有朋友问起我，“你家徐少呢？”

我都说：“这段时间别跟我提他，在‘冷战’。”

朋友们那是第一次碰到我这状况，激动之后就跟我“同仇敌忾”了。挤对徐少，并且阻止一切他来找我的可能性（那时我跟微雨还没住一起）。

所以我跟朋友在吃饭时，微雨电话来，她们就“帮忙”说：“你谁啊？”“不认识你！”“顾清溪在跟某某男贴着头交流事情呢，你叫什么名字？有什么事儿跟我说吧，我帮你转达。”

据说当时徐微雨在那边说了一句，大致意思是：“别让我查到你们是谁，我一个个让你们实现自己的愿望！”

后来其中一名受害者跟徐微雨弱弱抱屈，“说起来清溪才是主谋啊……”

徐微雨“哼”了一声，“内政和外交能一样吗？”

CHAPTER

13

感谢上苍
让我与这个男孩
结一辈子的缘

第 十 三 章

小弟的胆子极小，小时候他不敢一个人睡一间房间，一定要跑来跟我挤一间，于是母亲就买了上下铺放在我房里用。

可就算待在一间房里他也怕，睡下铺，他就说："姐，你说床底下会不会有什么东西啊？"然后我跟他换了床铺，结果他睡上铺了又说："姐，我觉得天花板上好像有什么东西啊？"

晚上带他出去，他要拽着你手才敢走，一路上还要跟他说话。

"姐姐，你唱歌吧。"

"唱什么？"

"我教你！"然后他开始唱，"两个小娃娃呀，正在打电话呀，喂喂喂，你在哪里呀？哎哎哎，我在幼儿园。"

等他教会了我，我再唱给他听。

这是小弟上幼儿园的头一年。

小时候跟小弟在乡下，夏天的傍晚，坐在二楼的走廊上乘凉，小弟问我："姐，那是什么啊？"

"火烧云啊。"

"那白白的一长条呢？"

"飞机飞过留下的吧。"

"姐，天黑了啊，你说老师说的北斗星在哪里呀？"

我就找了一颗最亮的，北面一点的指给他看。他说："哦，北斗星北斗星！"

那时候他才五六岁，我也才十三四岁，他完全不懂，我半知不解，姐姐带着弟弟，却总是快乐的。

还是小时候，小弟去别的小朋友家里玩，结果被他们家的狗追着哭回了家。

第二天，他就在自己家门口等着，等着那只狗路过我们家的时候，他追出去吆喝示威。

他说："去它的地盘被它叫，在我的地盘它不敢叫，哼哼！"

你说你跟一狗狗去计较什么，重点是，还是以跟它同样的方式计较回去。

等到这孩子十多岁的时候，同龄男孩都迷卡通和游戏，他小小年纪却迷上了钓鱼，一回国就跟隔壁的大叔去垂钓，有一次我在阳台看书，只听到他“砰砰砰”跑上楼，“姐，我钓到鱼了！”一边朝我奔来一边流鼻血……我说怎么流鼻血了？

他一抹，嘿嘿傻乐道：“太激动了。”

这清秀的男孩第一次流鼻血不是因为看到小美女而是因为钓到了一条拇指大的鱼儿，你说……

小弟生肖属狗。在我的印象中，他虽然有点调皮，但大体上是善良而听话的，像忠犬。可身边的人，包括父母、亲戚，包括他自己的同学、我的朋友，甚至只有几面之缘的人，都说小弟嚣张，无法无天。

我不解，“难道是姐姐看弟弟，所以看出来不一样？”

徐微雨笑着说：“你弟对着你那确实就是一京巴，对外那绝对是狼狗！看谁不顺眼就咬谁，咬完了还要说一句，咬你那是小狼我看得起你！网络上那句‘瞪谁谁怀孕’套在你弟身上就是‘咬谁谁狂犬’。”

“……”

我想到有一年过年一个远房表姐来家里做客了几天，走时对小弟的评价是：“我们碰他，怎么碰都是在逆毛，你碰他，揉成松毛狗，那都是顺毛。”

记得去年春节这孩子回来，我带着他去参加高中的同学聚会

（刚回来几天我有什么活动他都跟），我朋友问他："小弟弟，国外吃的东西贵吗？"

他答：你猜。

对方问：不贵？

他答：你猜错了。

……

小弟在我朋友圈子里人气一直很高。

小弟的坏习惯比较多，好比洗澡前，他总会把内裤往肩膀上一甩，说："我去洗啦！"

我每次看着都觉得好笑，说："你洗澡就洗澡，干吗非得把内裤甩肩上？"

他说："这有什么，我有一个朋友，西班牙人，他都是把内裤戴头上面进浴室的。洗完了就穿下面出来！"

这……都什么人啊？

有一次，我跟小弟坐公车，等的时候旁边有人拍我照片，我惊讶不已，还有点被吓到，因为一我不是美女，二我绝对不是标新立异的人物！怎么会有人拍我照片？

还是小弟先反应过来，他冲过去指着那男的说："喂，你干吗？拍我姐照片？把照片删了！"

那是一个挺西装革履的青年，长得也挺端正的，可说话却颇不客气，“谁拍你姐了！我拍风景，怎么了？”

小弟是脾气急躁的孩子，自然而然地号出英文来了，但号了半天才反应过来人家听不懂！马上改中文说：“我看到你朝我姐拍照片了！给我把照片删了！否则我叫我叔叔过来，我叔是本市警察局的局长！”

这话怎么听着那么像我爸是李刚啊？

“删了删了！有完没有！”

小弟看着那人删掉照片，火气还没下，一直在嚷英文，大致是：“算你识相，否则就把你手机砸碎。”

相对而言，我的脾气是真好。

后来在公交车上，我想到一点，问他：“你叔谁啊？”

小弟：“瞎编的嘛，吓吓他而已！”

“……”

2008 年年初的时候我出了一场交通事故，当时父母都不在身边，120 到医院时我已经没有意识了，之后在医院住了将近小半年。出意外当天母亲一听到消息就赶了过来，后来一段时间陆续有朋友和亲戚来探视，因为腿伤极严重，我的情绪一直很低落，对来的人表现漠然。

小弟那时候也飞回来，他说：“姐，如果你真瘸了，那我就用轮椅推着你走，一辈子推着你走！”

我红了眼睛，我很多感动和感恩都是来自这个比我小许多的弟弟。

2008 年下半年我出院。出院那天母亲无意说了一句，她说：“你小弟在你刚住院那会儿天天躲在家里面哭。”

我看着前面蹦跶的总不好好走路的十五岁少年，心中感谢上苍，感谢上苍让我与这个男孩结一辈子的缘。

某年的一天接到这孩子的跨洋电话，他说：“姐，我梦到你了。梦到你帮我晒被子了，然后我睡了一个好觉。”

CHAPTER

14

第二年夏天

第十四章

又是一年夏，七月初去接小弟（也当是今年的旅游）。

小半年不见，大男孩已经把头发染成了咖啡色，又天生有点卷，配上墨镜，花哨得厉害。

他嘿嘿嘿地带我去逛了不少地方，徐微雨跟在身后，大多数时间在玩手机。

小弟几次回头，然后对我说：“姐，那人是来旅游还是来玩游戏的？ balabala！（类似不懂欣赏华丽风光之类的）”

微雨听到了，头都没抬，“这些风景爷我早已经看透了。”他是依照某支歌曲的调子唱出来的。

小弟：“那你是来干吗的？还不如干脆别来了！”

微雨朝我抛来一眼，“我来看你姐啊。”

“……”

小弟嫌恶地搓手臂，“你这人还真是什么都说得出来啊！冷死人了！噫，我都起鸡皮疙瘩了！”

徐微雨依然很淡定：“起鸡皮疙瘩的又不是我。对了，我在你的‘非死不可’（facebook）上看到你说有女朋友了？你这话说出来，不怕你姐反对你早恋？”

“……”

“是女性朋友！女性朋友！那个‘性’你就没看到吗？”

“哦，原来还有‘性’啊……”

我：“……”

这是第一天。

后面更糟糕，没有一天不吵。

回去那天，无所不在的航班误点。

在机场里，小弟忧郁地望着大玻璃外的天空：“延迟的班机哪都是那折翼的天使啊！”

……他在外国学校就是上国内网站？

回家第一天。

我陪着小弟在家待了一天，听他叽叽喳喳讲了一天。不禁有点小感动。

最后小弟说：“姐，我这发型已经很清爽了，你别再让我去剪平头了，好不好？”

我说好。

小弟目瞪口呆，“这么容易？那我前面讲了那么多是为什么啊为什么？口干死了！”

之前的感动化为乌有。

傍晚的时候小弟跟进跟出问我晚上哪里去吃饭？

我说：“今天徐微雨说他请客。”

小弟一听没劲了，“干吗要他请啊？！”

徐微雨刚好进来，笑眯眯说：“既然你这么主动热情，那你请吧？”

我看他们又要吵了，马上说：“我请。”

晚上由我开车三人出了门。

小弟坐在车上说：“车也是我姐开，饭也是我姐请，徐微雨你怎么好意思？”

徐微雨：“我干吗不好意思？我人都是你姐的。”

“……”

一路吵过去。

小弟回来，在家总是待不住，时不时吵着要去看电影，要打球，要游泳。

我妈一天就说：“小弟跟姐姐性子还真是差好多。我叫姐姐出门她没几次高兴的，就喜欢待在家里。”

微雨点头说：“清溪比较文静。”

“是的哪，跟弟弟性子完全是南辕北辙。”然后我妈妈开始打比方说，“如果家里的遥控器掉在了地上，小弟看到则会拿起来放在茶几上，而且放得很端正，而清溪则只是看一眼，不会捡，她会跟我说‘妈，如果你看电视的话，遥控板在这边’，指了指就完了。”

我……

微雨忍笑：“清溪……比较大而化之。”

其实，我只是觉得，它老掉，还不如让它待在地上了，也减少摔坏的概率。当然对这观点苟同的人真不多……

晚上跟徐微雨和小弟窝沙发里看电视。

小弟：“姐，你掉头发好厉害啊。”他说着捏起沙发上的几根头发。

我下意识回：“凭什么说是我的？”

徐微雨突然笑了，说：“清溪，你竟然也有小白的时候。那头发一看长度就知道只能是你的。”

呃，好吧。不过这两人什么时候同仇敌忾了？

结果还没等我说，小弟就已发飙了，“你干吗说我姐小白？你才白呢，你全……你最白！”

微雨“啧”了一声说：“行，我白，你黑行了吧，来，小黑，去给白爷叼瓶饮料过来。”

“……”

我非常有先见之明地撤出了吵闹地，到书房开电脑了。

没多久微雨摇头晃脑进来，举着手臂说：“这小狼说不过就咬人，忒没品了。”

我问，小弟呢？

微雨答：“关大门外了，我让他有话发我短信。”

“……”

这年夏天很热那会儿我中暑了一次。然后隔天跟小弟两人去刮痧，刮完出来小弟对着镜子看着满身的红痕，面目纠结，最后蹦出来一句：“以后老子还怎么穿背心出去见人啊。”

“……”

晚上回家微雨看着我的后背，幽幽说了一句，“果然你变成什么样我都能接受哪。”

我心说，这还能变回来呢你就开始略有嫌弃了，要以后真毁容了可怎么办？

我刚想问，他自己就长叹了一声，挺感伤地说：“看来我这辈子真的是没救了，嘿嘿。”

我被他那声“嘿嘿”搞得是气也不是笑也不是。

听小弟跟朋友打电话，叽里咕噜中英文夹杂，偶尔冒出一句，“You are so two！”刚开始我没听明白，后来他连续说了两次，我反应过来了，无语了，他回家就学会了一句网络上最近流行的“你很二！”还翻译成了英文用。后来他似乎用上瘾了，除了我逮到谁有机会都要上去说一句，徐微雨过来也不例外，一打开门小弟就贱贱地说：“Hi，You are so two."

徐微雨瞟了他一眼，淡淡回：“You too.”

只能说……姜还是老的辣啊。

晚上小弟开了三台电脑。我进书房看到时愣了好一会儿，我说你干吗呢，开三台电脑？浪费电。

小弟说：“台式我在下游戏。我家小 a 我在看电影。那台老笔记本妈妈说速度太慢了，我在帮她重装。”

微雨进来看到这场景，“怎么？小鬼改行做黑客了啊？”

小弟：“要你管！”

微雨微笑：“谁管你啊，我只是嘲笑一下而已。”

“……”

很久以前跟朋友聊天，聊到星座。

姑娘：“小弟是处女座吧？难搞有没有？”

我：“他是白羊。”

姑娘："呃。"

我："这么说，男朋友貌似是双子的，我是天蝎……好像有点不和谐啊。"

姑娘："哪里不和谐了？那啥……床上面不和谐咩？"

我："我刚无聊百度了下，太搞笑了。摘录：'你们（天蝎和双子）在性关系上很受外来因素影响，大家心情好做得当然愉快。一旦吵架，性往往变成一种周旋的手段，讨价还价，有时处理得不好，可能会引发天蝎座暴力和沉溺麻醉物中，像酒、烟之类。'于是……如果性生活不和谐，我可能会酗酒抽烟，外加家庭暴力？"

姑娘："哈哈。我同情徐少……哈哈哈哈哈。"

我汗："抽烟酗酒外加家庭暴力……我都有种黑帮大姐大包养小白脸的感觉了。"

姑娘："这个好，黑帮大姐大 VS 小白脸，以后写一个这种类型的文吧！"

我默了很久。

然后不小心看到，跟双子很相配的是……白羊。

我看完笑趴了："这个更搞笑！'白羊（小弟）和双子（徐少），非常理想的一对。属风象双子座的您，和一个属于火象星座的白羊，同样都是阳性星座，位置和排列的角度都不错；个性和行为模式也都很相近，很容易互相欣赏和吸引。羊儿求新求变、不拘泥小节，也不死守原则的特性，相当合双子的口味，彼此也能激发出新东西。

不过双子要是在思考方面跳跃得过度快速，让羊儿在后辛苦追赶，易使他成为一座活火山。’”

姑娘：“噗……这么说他们俩才是一对儿？”

我：“‘白羊座和双子座会一见钟情，并马上爱得如痴如狂。他们根本不考虑今后，懒得费神去揣测这场恋爱的结局会幸福美满抑或令人断肠。’原来他们是一对，而我是黑道大姐……估计最后我会被灭。”

姑娘：“太欢乐，不行了啊！他们是小攻和小受！然后你是阻止他们的恶势力！黑社会大姐得不到小攻就家暴！”

我：“……”

姑娘已经 YY 得非常之 happy，“什么蜡烛皮鞭小铃铛……”

我：“我看，我还是成全他们吧，我自己抢地盘搞事业嘛算了。”

姑娘笑喷。

后来徐微雨看到这段，问：“你男朋友是双子的？”

我疑惑：“你不是双子的吗？”性格那么两极化。

微雨深呼吸后一字一顿地说：“我、是、处、女！”

“……”

好吧，某人和某人是非常理想的一对什么的果然只能靠 YY。

小弟半夜敲我房门，微微打开一点，探头进来压着声音问我，“姐，我去楼下，要不要帮你带东西？”

我含糊问："什么东西？"

"吃的。"

"……现在几点了？"

"凌晨。"

"……不用了。"头一歪，又睡了。

旁边徐微雨也被吵醒了，郁闷道："这小子故意的还是梦游啊？"

过了大概两分钟，我腰上爬过来一只手……我睁开眼，把那手拉开，"你干吗？"

微雨闷在被子里笑，"梦游。"然后又认真道："清溪，一个人梦游的时候你不能打断他的！"

"……"

徐微雨南下了，而我母亲到老家去了。

晚餐，我跟小弟坐餐桌前。

小弟："姐，江浙地区应该没人比我们过得更清苦了吧？"

我："嗯？"

小弟挺伤感地说道："我们早上是白粥配酱菜，中午是白粥配腐乳，晚上是白粥配酱油……"

我也伤感啊。

没车出门不方便，再加天气差又懒得出门。然后，就成了现在的局面。

这告诉我们家里留人一定要留一个会做菜的，否则剩下的人会很凄惨。

隔天，我跟小弟俩终于受不了白粥面条，出门去吃饭，顺便采购。

等公车的时候，热得要死，可车却一直没来，只看到一辆辆私家车呼啸而过。

小弟："姐，你去外面伸一下腿吧？"

我："……"

小弟："在英国很管用的。"

我："这里是中国。"伸腿出去只会被人围观而已吧。

晚上小弟在玩电脑，突然跑过来说："姐，英国出现动乱了！"

我说了声"哦"。看他挺开心的，我就说："你这人什么心态呢？"

小弟一边搓手一边走回去，笑得很含蓄，"不知道我们学校会不会延长假期，呵呵，呵呵……"

我把他叫回来说："刚刚有个姐姐看到这消息就来问我，你回学校没？很关心你。"

小弟一听有美女问起他，马上道："真的啊？谁？"

"人家姐姐还说昨天晚上梦到你了。"

小弟羞涩，“真的假的啊？”

我说真的啊，“不过你太小了，她不会看上你的。”

小弟一愣，扭捏回书房，“那还梦到人家……”

一日突然想起，问小弟今年成绩，他答曰：成绩什么的都是浮云，重在参与！

“……”

小弟离开学还有小半个月，但是我父亲那边催了，所以他提前了几天去了英国。

小弟在坐车去机场前的一刻钟，依然坐在电脑前玩着枪械游戏，当时当景：戴着耳麦，架着脚，嘴里嚷着：“你是蠢货吗？（Are you stupid？）开火啊！（fire！）小爷没时间了！（no time！）”他说的是英文。

“……”

徐微雨直摇头说：“真是江山代有才人出啊。”

之后，机场。

小弟在登机前，一脸悲壮地朝我们说：“我去了！半年后回来还是一条好汉！”

这孩子是有多不愿回学校啊。

CHAPTER

15

婚前日常之他很帅又很“渣”

第 十 五 章

徐微雨的身份，笼统来说是军人，不过是研究类的。

我弟返校之后我一下子就清静了（我妈是随着一块去的）。

中午微雨打电话来问我："干吗呢？"

我说："正要午休。你呢？"

微雨："开会呢。"

我汗，"那你还跟我打电话？"

他说："中场休息。陪我聊聊呗。"然后微雨开始说开会嘛最无聊了 balabala，最后说今天的与会人员我看了一遍我最帅了！

我听到最后一句就完全无语了，说："开会你就在想这种事？"

他嘿嘿笑，"没，我还想其他的事。"语调意味深长。

"……"我实在不想想歪。

他还要瞎扯，那边好像有人喊了他，"徐少，进场了，跟谁电话呢？笑成这样！"

"跟我老婆说事呢，一边儿去。"微雨跟我说，"哎，我要进去了啊。今天讲的是 ×× 导弹的事情，就是 ×××× 型和 ××× 型……”

我赶紧说：“这些是机密吧？不可以说的吧！”

微雨笑：“没事，反正说了你也不懂。”

这……什么人啊？

在网上查看车子的罚单，竟然有两张超速的。时间都是我出去旅游那时候。

微雨喜欢开快车（要么索性不开），这“症状”好像很多男孩子都有，喜欢飙速度，但开快车毕竟让人担心。

于是转头跟微雨说教：“你有两张罚单。下次你再开快车，我生气了。”

微雨愣了愣，义正词严道：“下次一定不再拿罚单。”答应得很是那么回事。

结果，隔天，我看到他拿了一张纸在研究，我过去一看，是本市各路段红绿灯分布，以及所有隐秘测速装置的安置点！

满头黑线。

我说：“你哪里搞来的这东西？”

微雨嘿嘿笑，“跟一哥们拿的，亲爱的，我保证以后不再拿罚单。”

这……完全是本末倒置了吧？！

此君做过不少本末倒置的事，比如他开车上高速，GPS 从不会停歇，一路在报：您超速您超速……

我：“你就不能让它安静点？”我的意思是别超速。

微雨是“哦”了声，伸手把 GPS 关了。

“……”

跟微雨出门，他有的时候会穿军装（刚开完大会，直接过来载我出去的时候）。而通常这种情况下，比如排队买外带煲汤时，有人会主动给他让道。我有一次跟他说：“你这待遇都跟残障人士一般了。”

他想了想，指着我说：“你歧视我！”

“……”残障人士是我最敬重的一类人。他们的生活远比常人辛苦，他们的毅力远比常人坚韧。我说：“我是在抬举你。你有手有脚，就是披了件马甲。就有人给你让道了。”

微雨说：“军人也很辛苦的呀。”然后少爷开始细数军人有多艰辛，“第一战线是军人，最危险的地方军人上，有灾有难军人扛，风餐露宿是家常便饭，生离死别也是很有可能的事，balabala……”

排队处就听到这个穿着军服的高大帅哥在那跟阿婆一样唠唠叨叨。

其实对于中国的军人，我也是非常崇拜尊敬的。就是眼前这号……相处久了，实在尊敬不起来。只是很爱而已。

我是个很不擅长理财的人，简言之就是存不住钱。所以经常会碰到身无分文的情况。

这次出去旅游十天，回来时，身上只剩下不足一百美金以及更少的人民币。总之就是连打车回家的钱都不够了，除非司机肯收外币。

所以不得不跟微雨打了电话，他在单位里（我出发前跟他说过，我会自力更生）。徐某人接到电话，一听缘由笑死了，说："让你不带我去，现在回不来了吧，哈哈哈哈哈哈！"

他来接我的时候还在笑，"叫你带卡嘛，你偏不带。"

我郁闷，"我哪里知道非洲的物价那么贵。"一顶草帽折合成人民币要百来块，最后还被大风吹掉了。

微雨揽住我边走边说："你让我一个人过中秋节，回去好好补偿我！"

我说："我给你带特产了。"

他"啧"了声，"稀罕。"

回到家后，某人就在那翻箱倒柜了，"我的特产呢？"

我说："你不是不稀罕吗？"

微雨："你买的我都要行了吧，赶紧拿出来，我明天拿去单位显摆去！"

“……”

我买的……确切地说是拿的，是一把沙子，装在我带去的一个小的花露水瓶里。原本以为会被鄙视，结果没，而且隔天这少爷还真拿着一瓶沙子去单位显摆了。真不知道他怎么跟人家说的。

微雨约我去见他的同事，以前我都是“婉拒”的，因为我一直觉得他“单位”里的那伙人不管现在、以后我都不大会有交集，也应该不会有共同话题，徐某人都讲了，那些说了我也不懂。

这次迫于“政治”压力答应了下来（要去发喜帖）。但我刚从外面回来，刚回单位上班，事情一堆，所以这天忙到了六点才得以走人，到微雨说的地方时，已然晚了半小时。

我推开包厢门的时候，里面已经闹哄哄的了。

然后，我听到有人在说：“徐少，整天听你说你老婆活泼可爱、美艳无双！这回我们总算可以好好亲眼目睹一下了！”

“……”

有人看到了开门的我。

我：“不好意思，我走错门了。”

“……”

当天在那包厢里，微雨笑癫了地抱着我说：“我老婆，比较害羞！”那些人有的叫我嫂子，有的叫我弟媳，有的直接喊美女，我应得惭愧。

饭间，有人看见徐微雨在那边抢我碗里的海虾，忍不住批判，“徐爷，你也太缺德了，自己想吃不会自己夹嘛，干吗到你老婆碗里抢啊？”

微雨：“你懂个屁！她吃了要发的。”

“……”

我嗜好海鲜，可一吃海鲜就起红斑，还痒。

但我偏偏不信邪，明明小时候吃海鲜一点事儿也没，怎么上年纪了就这么多毛病。

所以去吃饭，我都要点一个海鲜，想证明我吃海鲜出红斑那只是偶然事件。微雨每次在旁边摇头叹息，“你说你是傻呢还是傻呢还是傻啊？明明每吃必发，偏就要上赶着找罪受。”可微雨也知道我没啥其他的口腹之欲，就对海产执着点，他也不忍心太阻止，就说：“吃吧，回头送你去医院。”

结果今天却死活不让我吃。我郁闷了。因为有外人在我也不好多说什么，就只说：“就吃一个，没关系的。”

微雨：“不行，你经期快到了。”

“……”

这人是完全不怕丢脸的吗？

徐微雨跟兄弟在网络上聊 H 片，并不会忌讳我。

有一次他的朋友失业了，跟他说：“徐爷，你说我去演床戏？

会不会很赚钱？”

徐微雨淡淡道：“你？演床戏？你演床吗？”

……

对方不怒反笑：“徐微雨，你家清溪同学晚上不要你吗？哈哈哈哈是不是特痛苦特憔悴，上蹿下跳想咬床啊？哈哈哈哈！”

微雨笑道：“我跟顾清溪天天滚床单，你这还没女朋友，只有张床的，还是自演的，一边凉快去！”没等对方回，徐微雨关了电脑，站起身说：“清溪，滚床单。”

“……”该说他越来越孩子气呢还是越来越流氓？

看到徐微雨在网上跟朋友聊天。对方大概被什么打击了，情绪有些激动。

某男：“雨哥，我是不是特尿啊？”

微雨：“嗯。”

某男：“特 SB 啊？”

微雨：“嗯。”

某男：“那我怎么办啊啊啊？”

微雨：“2B continued。”

“……”

（2B continued 的原版本是 to be continued，被徐微雨一改完全意味深长了啊！）

我玩电脑时，徐微雨通常都会窝在后面的沙发上。

我看小说，他唱："我的寂寞，虚空失落，蔓延如野火……"

我被吵得不行，改看电影。他开始唱："你是否理解是否明白，流浪的孩子我内心的苦，你不会理解不会明白，流浪的孩子也需要爱……"

我回头瞪一眼。他闭嘴了。然后起身往外走，轻轻唱："我总是心太软，心太软……"

"……"

晚上跟微雨两人约会去吃面，是我们那儿一个镇上的特色面。我去过好多地方，从来没有吃过比这里更好吃的（多么通俗啊）。

那是一排长长的店面，各家装修都差不多，简单朴实，凳子椅子也都是十几年的，但擦得很干净。

来这里吃的阿公阿婆居多。坐在小店里一边吃一边聊，很嘈杂但很温馨。

我跟微雨随意挑了一家，五块钱一大碗青菜肉丝面。

我们等面的时候，难得又来了一对年轻情侣。

女孩子刚坐下就从包里拿出纸巾，擦桌子，手臂很小心地不碰到桌沿。男孩子问她要什么，她说："随便，反正也吃不了多少。"然后拿出手机玩。男孩去点面的时候，她跟人打电话，说："晕死，竟然带我吃几块钱一碗的面……晚点跟你说，他过来了我挂了。"

我碰碰微雨，问他：“我请你吃五块钱的面条，你有什么感想？”

也在玩手机的某人，抬起头，迷茫道：“什么感想？”然后兴致勃勃，眼睛发亮道：“要给我多加块排骨吗？”

只能说……很好养啊，只要喂饱，偶尔丢块肉就行了！

前天看了本小说，男主角是个混混，很有格调的混混，我看得很带劲，看完之后就在那无意识地说：“如果找个混混男朋友，也不错。（YY）只见他非常酷地三七步站，嘴里叼根烟，然后一扬下巴说，‘那是我女人’。”

微雨：“那我就把他送进监狱去。”

“……哈哈哈哈。”

不知道为什么每次回想起徐微雨接话的这瞬间，就觉得非常有喜感。

有人给微雨递烟，他都是说：不抽。（不会）

酒席上，有人给他倒酒，他会说：饮料吧，谢谢。（不大会喝酒）

于是，就有人问徐少了，“你一大老爷们烟也不抽，酒也不喝，你到底好什么啊好？”

徐爷淡然高雅道：“我好色。”

CHAPTER

16

“我”的自诉

第 十 六 章

我跟徐微雨，小时候其实没有特别的感情深厚。就是偶尔会在一起，一起回家，那时候一起回家那段路，其实并不长，就出校门，走一百米，在分岔路口就各走各的了，交流其实很少。

再后来，偶尔同班，偶尔同校不同班，而其中初中还是不同校的。

那时候也没有觉得彼此是特别的，就是……比别人亲切。

到高中的时候，微雨跟我说，他要出国。那时候，我有点感慨。但是想想，我又能说什么做什么呢？反正，你出去就出去吧。

我当时以为自己并没有很伤心，反倒是他比较难受。

我记得，他走的时候，我没去送行，甚至那年暑假没有见到他。

他走之后。

我有一次，拉着弟弟去唱歌，不知道怎么唱着唱着，就哭了。那时候，就觉得，啊，他走了。好像一个从小一起长大的玩伴，就这么离开了身边。

小时候，微雨学小提琴，我学画画，但是画得不精，微雨小提琴也学得不精。

但相对而言他体育更加不行，好在还有点点音乐细胞，所以看上去还是个小才子。

这人出去之后呢，每次跟我打电话，都会事前给我充电话费。

然后打过来第一句话是："我给你卡上充钱了，我们可以慢慢说。"

他在那里，是挺孤独的，感觉得到。我这里有熟悉的风景、马路，有朋友和家人。而他就完全在一个陌生的环境里。

他说想念我的时候，我很感动、很心疼。

那时候觉得，哎，这傻瓜，很心疼。

有一次，我去兰兰家。

兰兰家附近有一座小城，做小提琴的，小提琴之乡。

经过那里的时候，看到很多卖小提琴的店，那时候看着，就很想念很想念一个小男孩。

记得他小时候，背着小提琴去上音乐班，走过我那个绘画班的窗口，他总是会举起小提琴的那根琴弓，他举起来跟我打招呼，说清溪啊，我去啦，我去学小提琴啦。

然后我跟兰兰进去了店里，我说，我想买一个小提琴。

兰兰说不会拉小提琴，演奏出来就是鬼哭狼嚎，很难听的，会被左邻右舍投诉。

但是我还是买了一个，我就摆在家里，当装饰看。

他们说，我对微雨很冷酷。

但是真的，我那时候，很想念他。

不知道是不是巧合，我的家人、我弟弟、徐微雨，都是在国外。

我一个人住了……七年，偶尔母亲会陪我住。那时候是真的很孤独。也挺不明白，还会很俗气地去想，外头有什么好呢，我关爱的人都在外面。

后来，大学那四年呢，是真的把我缓过来了。

认识了一群很好很好的女孩子，一生的好友。

有一次跟兰兰去海边。

我们吃完晚饭，大排档。去沙滩上散步。沙滩上有人点了篝火，有几个人围着，有一个男孩子，应该说是男青年，在为一个女生拉小提琴。旁边的人就在起哄，说答应他吧答应他吧。那时候我就特别、特别想念，我的小提琴男孩。

后来，他回来了，日子又过了两年，微雨求婚，我答应。觉得好像终于完成了一次很漫长很漫长的长跑，中途很累，但总算到达了终点。

这，便是我的朝花夕拾。

CHAPTER

17

一百问

第十七章

采访者：J（咳咳）

被采访者：徐微雨（以下简称X）顾清溪（以下简称G）

1. 请问您的名字？

X：徐微雨

G：顾清溪

2. 年龄是？

X：24（面不改色报周岁）

G：2……6，以后要听姐姐话。

3. 性别是？

X：我干吗要来回答这种问题啊？

G：女。别岔开话题，你什么性别的？

X：……

4. 请问您的性格是怎样的？

X：好。

G：一般吧，还行。

5. 对方的性格？

X：好！

G：一般吧，还成，就是有时候有点双重性格的感觉……

6. 两人什么时候相遇的？在哪里？

X：还能哪里？你这问来干吗的啊到底？

G：问着玩的，回答，什么时候？哪里？

X：……你不也知道的吗？

G：……忘了。

X：……

7. 对对方的第一印象？

X：好看咯。

G：他就那样吧。

X：你是不是人啊？

G：……

8. 喜欢对方哪一点呢？

X：性格，外表。

G：找对象，其实不是太差就行了。

X：我不想回答了。

G：……

9. 讨厌对方哪一点？

X：家人第一，朋友第二，情人第三，我靠！

G：说脏话，虽然极少。

10. 您觉得自己与对方“相性”好吗？

X：什么东西？

G：这个你不回答也没事。

X：有个“性”？我想回答，到底什么意思？

G：总之不是你想的那意思。

11. 您怎么称呼对方？

X：小溪咯。

G：大多时候就叫名字。

12. 您希望怎样被对方称呼？

X：亲爱的。

G：这样就行了，别搞太多花样。好比亲爱的什么的。

X：……

13. 如果以动物来做比喻，您觉得对方是？

X：哈哈猫吗？

G：这个我还真说不好，偶尔挺狼的，偶尔挺白的。

14. 如果要送礼物给对方，您会送？

X：你要礼物？要什么？

G：问问而已。

X：……

15. 那么自己想要什么礼物呢？

X：哇，我可以要吗？

G：……也是问问而已。

X：我不高兴做了。

G：……

片刻之后

16. 对对方有哪里不满吗？一般是什么事情？

X：这也可以说？

G：你可以说。

X：……那还是不要了，其实也没啥不满的，嘿嘿。

G：……

17. 您的毛病是？

X：这什么调查啊？

G：散漫。他的是无关紧要的话很多，重要的话不说。

X：我这是……自我防范意识强大好不？

18. 对方的毛病是？

X：（看G一眼）没。

G：直说好了。

X：真没！

19. 对方做什么样的事会令您不快？

X：偶尔一些事，也可以说没的，都是小事，我很大度。

G：好比这时候。

20. 您做的什么事情会让对方不快？

X：我有吗？

G：不知道（回答的是自己的）。

21. 你们的关系到达何种程度了？

X：关系哈哈。

G：挺好的。

22. 两个人初次约会是在哪里？

X：她大学。

23. 当时的气氛怎么样？

X：你迟到，让我等了半天。

G：有吗？

X：我一直没说而已。

G：……那你现在说出来干吗？

24. 那时进展到何种程度？

X：吃顿饭，在学校里走了走，参观了她学校，环境还不错。

G：就那样。

25. 经常去的约会地点？

X：电影院。我们去吃饭了吧？好饿。

G：后面有你喜欢的问题。

X：真的？

26. 您会为对方的生日做什么样的准备？

X：花，睡衣。

G：……

27. 是由哪一方先告白的？

X：你其实是在找茬吧？

G：……当我也可以。

X：男子汉大丈夫，敢作敢为，是我！

G：……

28. 您有多喜欢对方？

X：哈哈！

G：很喜欢。

29. 那么您爱对方吗？

X：爱啊。

G：嗯。

30. 对方说什么会让你觉得没辙？

X：大多时候。不想说。

G：好比这时候，说不高兴啊，不想说啊。

X：……

31. 如果觉得对方有变心的嫌疑，你会怎么做？

X：哈哈，找死啊你！

G：……

32. 可以原谅对方变心吗？

X：什么问题啊都？我不高兴回答了。

G：马上好了。以及，不可原谅。

X：……

33. 如果约会时对方迟到一小时以上，您会怎么办？

X：等咯。

G：我应该是等五分钟没见到人就拿手机看小说了。

34. 您最喜欢对方身体的哪一部分？

X：都喜欢咯。

G：都差不多。

35. 对方性感的表情是？

X：性感？（语气是没的意思）

G：……早上起来。

36. 两个人在一起的时候，最让你觉得心跳加速的时候？

X：哇（哇了又不说）。

G：从后面突然冒出来。（其实是被吓得心跳加速）

37. 您会向对方说谎吗？您善于说谎吗？

X：爷不屑撒谎。

G：善意的……谎言，会。好比采访前告诉他，这是内部调查。不对外公布的。

38. 做什么事情的时候觉得最幸福？

X：在一起不就行了。

G：有个自己喜欢的人陪在身边一切就都挺好了。

39. 曾经吵架吗？

X：吵过，你干吗？翻旧账，都是你惹我的好吧？

G：……哎。

40. 都是些什么吵架呢？

X：小事。

G：那你还要吵。

X：……

41. 怎么样和好呢？

X：闹一会就好了。

42. 转世后还希望做恋人吗？

X：到时再说咯。

G：估计碰不到了。

X：……我不高兴做了。

G：……

43. 什么时候觉得自己被爱着？

X：哈哈！

G：他傻笑的时候。

X：……

44. 什么时候会让您觉得“已经不爱我了”？

X：……到底什么时候完啊？

G：暂时没（回答的是自己的）。

45. 您的爱情表现方式是？

X：这要什么表达方式，自然而然爱不就好了。

G：嗯。

46. 您觉得与对方相配的花是？

X：挺多的。

G：含羞草。

X：……

47. 两人之间有互相隐瞒的事情吗？

X：没！

G：有。

X：什么？

G：都说隐瞒的事了。

X：……

48. 您的自卑感来自？

X：哈哈哈！

G：我性格使然吧，放不大开。

49. 两人的关系是公开还是秘密？

X：这什么破问题。

G：公开的。

50. 您觉得与对方的爱是否能维持永久？

X：当然。

G：希望。

51. 请问您是攻方还是受方？

G：你不用回答。

52. 为什么会如此决定呢？

G：……

53. 您对现在状况满意吗？

X：满意啊。

54. 初次 H 的地点是？

X：哈哈哈哈哈，你故意的吗？！

G：……（只是在按程序走）

55. 当时的感觉？

X：你什么意思啊？

56. 当时对方的样子？

X：……

57. 初夜的早晨您的第一句话是？

X 拿头敲桌子：我死算了。

58. 每星期 H 的次数？

X：……

59. 觉得最理想的情况下，每周几次？

X：理想？理想当然是一天一次！不，两次！三次也可以！

G：……

60. 那么是怎样的 H 呢？

X：现实还是理想？

G：……

61. 自己最敏感的地方？

X：我都很敏感。

G：……

62. 对方最敏感的地方？

X：腰！

G：我那是怕痒。

X：那也是敏感。

63. 如果用一句话形容 H 时的对方？

X：……

64. 坦白地说，您喜欢 H 吗？

X：喜欢有毛用！

G：……

65. 一般情况下 H 的场所？

X：……

66. 您想尝试的 H 地点？

X：想啊——

G：好了，下一题。

67. 冲澡是在 H 前还是 H 后？

X 同学继续拿脑袋砸桌子。

68. H 时有什么约定吗？

X 继续磕桌子。

69. 您与恋人以外的人发生过性关系吗？

X：怎么可能！

70. 对于“如果得不到心，至少也要得到肉体”这种想法，您持赞同态度，还是反对呢？

X：支持！

G：……

71. 没问。

72. 您会在 H 前觉得不好意思吗？或是之后？

X：有什么不好意思啊爷我——

G：……怎么不继续了？

X：……我死给你看。

73. 如果好朋友对您说“我很寂寞，所以只有今天晚上，请……”并要求 H，您会？

X：找死！

G：……没这样的朋友。

74. 您觉得自己很擅长H吗?

X：……

75. 那么对方呢?

X：……

76. 在H时您希望对方说的话是?

X：H前，I do！

G：……

77. 您比较喜欢H时对方的哪种表情?

X：你——（继续拿头磕桌子。）

78. 您觉得与恋人以外的人H也可以吗?

X：滚。

79. 您对SM有兴趣吗?

X：什么东西?

G：没什么，不知道就不用回答了。我只是想试探一下你知不知道而已。

X：……

80. 如果对方忽然不再索求您的身体了，您会?

X：哈!

81. 没问。

82. H中比较痛苦的是?

X：我倒想痛苦来着!

G：……

83. 在迄今为止的 H 中，最令您觉得兴奋、焦虑的场所是？

X：你故意的是不是？

84 至 87 跳过。

88. 对您来说，作为 H 对象的理想对象是？

X：还能有谁？

89. 现在的对方符合您的理想吗？

X：符合，可问题是他妈的我——

G：好了不用说了。

90. H 中有使用过小道具吗？

X：……

91. 您的“第一次”发生在几岁的时候？

X：……

92. 那时的对象是现在的恋人吗？

X：……

93. 您最喜欢被吻到哪里呢？

X：嘴唇。

G：脸就行了。

94. 您最喜欢亲吻对方哪里呢？

X：身体。

G：……

95. H 时最能取悦对方的事是？

X：……滚。

96. H 时您会想些什么呢？

X：什么也没想！

97. 一晚 H 的次数？

X 起身往外走！

98. H 的时候，衣服是您自己脱，还是对方帮忙脱呢？

X 回头：滚！

99. 对您而言 H 是？

X：……

100. 请对恋人说一句话。

X：顾清溪，我们初夜到底要等到什么时候啊？！

CHAPTER

18

结婚了

第十八章

婚后，第一件事，数红包。徐微雨打开数起："1、2、3……9、10、J、Q 、K……"感觉有点不对啊，然后又听到他念，"K、A、B、C、D……O。"

最后我问他多少？徐微雨："二十八啊。"

我无聊自己又去数了遍，结果真是二十八，该说他蒙对了还是脑子构造异于常人？

而后来，他数："Z、Y、X、W、V……"

几次下来竟然都对了，徐微雨瞥了一眼每次都去数他数过的红包的我，说："不会错的，以我的智商，123 那种单调的数法怎么能满足我呢！"

这家伙，是不是一句话打死了很多人啊？包括我。

蜜月回来后，就开始忙了，写报告，各种伤神，我就在那儿苦恼着说："死了算了。"徐微雨听到，马上兴致勃勃跑上来，"亲，要不要我帮忙啊？"我沉默了好久，果然，结婚后爱就不在了吗？

然后我写报告，他在后面拿对小哑铃举重，"亲，看一眼我的肌肉。"

我没回头，"忙着。你能出去吗？"

微雨："看一眼嘛，完了我再出去。"

我回头，"好了，看过了，出去吧。把门带上，谢谢。"

微雨："你的眼光没有瞟过我的肌肉！"

我仔细地看了衣袖卷得老高的手臂，"问题是你没啊。"

徐某人终于泪奔出去了。

后来我出去，看到他靠在阳台上，看着远方，走到他后面问："闹情绪呢？"

"没。"

"那回头笑给我看一下呗。"

他回头咧嘴一笑，我摸了摸他小脸说："走，老婆请你吃饭。"

微雨："你报告写好了？"

"嗯。"

微雨咕哝："我就知道，我永远排在后一位。"

"不去算了。"

"走走走！"

吃完晚饭后回家，路上看到一只瘸腿的猫，徐微雨顿时心生怜悯，说我们家都没宠物，我们养它吧。我说：“那你要先带它去检查下身体才行。”于是大晚上，两人傻不棱登地用围巾给猫裹上抱着去医院了。

结果宠物店的医生说：“这只猫已经很老了，而且还身患严重肝病，活不了几天了。它现在其实挺痛苦的，如果你们愿意，还是让它安乐死吧，这对它最好。”

微雨听完当场就骂人了。那灰白色的猫在台面上看着我们喵呜喵呜地低叫。最后给它清洗了一遍，微雨把它抱回了家。

老猫没多久就去世了。微雨为此伤心很久。

他其实感情比我细腻得多。

周末去其他城市看展览，下高速后没开多久，找不到路了，微雨很惭愧，最后问了警察叔叔，刚问好，后面又有辆车停下来问路，微雨一听也是我们要去的地方，没等警察开口，微雨伸手出去对那辆车里的人豪气一招手：“去 × × 啊？跟哥们走！”

那语气那手势那神情，好像他是这边的地头蛇，各种熟一样。

然后开出一段路，他又不认识了。

后面那车倒是开上来了，司机一摆手，“后面的我认识，跟哥们走！”

到了目的地，人很多，停车位难找，好不容易找到一个很窄的位子，徐微雨的微观车技不行，我就让他下来我来停。

旁边收费的人员说：“看来女同志技术要好。”

微雨骄傲道：“她刚成年就去学了，牛逼吧？”

收费人员问：“夫妻俩啊？”

微雨：“刚结婚。”

我停好车下来，那人对我说：“小伙子人真不错，好好过日子。”

我后来问微雨都跟人乱说什么了。

微雨：“不就跟他说了我追你好些年，终于苦尽甘来结了婚嘛。”

“你怎么跟谁都能聊上？”

“我平易近人虚怀若谷嘛。”

一边扯一边进展厅，微雨拉我手说：“人多，别挤丢。”

看展看到下午，出来找地方吃饭，各色餐厅更是人潮拥挤。

徐微雨最怕吃饭吵，“得了，开车到远点地方吃吧？”

结果，走到车边的时候，看到雨刷上被人夹了一张粉色的 A4 纸，上书：蜜月愉快！ ×× 人民欢迎你们。

微雨当场喷了，我则是哭笑不得，这收费大叔是有多无聊和……多有爱啊。

CHAPTER

19

婚后日常之
“分歧”很多

第 十 九 章

婚后婚前唯一的差别是，徐微雨："老婆啊给我做饭啊，合法要求啊！"

"亲爱的给我买件衣服吧，都没靓衣穿了，合法要求！"

"女人，今晚看电影吧，合法要求哟。"

"清溪啊，给我唱首情歌呗，合法要求合法要求！"

我多次克制住了想把他非法处理掉的心情……

"你能不能消停会儿？"

"不能，我这一系列要求都是受到《中华人民共和国婚姻法》保护的。"

我冷冷一笑，"《婚姻法》才没那么无聊，还管你买衣服看电影的。"

他默默走开的时候，嘴里在说："《婚姻法》第三条，禁止家庭冷暴力，禁止家庭成员间的虐待和遗弃……"

我哭笑不得。

跟徐微雨玩游戏，我玩的是萝莉号，让他带，他收了我当徒弟，玩了两个月，他说要跟我解除师徒关系。

萝莉：我能问一下原因吗？

青年：不想被冠上乱伦的名号。

萝莉：……

解除师徒关系之后，最终婚礼也没结成。因为系统又提示，萝莉的角色不允许结婚。

微雨差点一口血就出来了！

出门，开车在路上，看到一辆犀利的跑车，我就好奇多看了两眼，副驾驶座上的人就严肃说："看这车牌号，跟你说，我们市有一伙吃喝嫖赌的没用的脑残的只会惹事的放高利贷的富二代渣渣，车牌是一系列的，里面都有777，你说这一串子人傻不？咳，重点是，你别给我多看了，要看就看我，正义和英俊的化身！"

这家伙一棒子解决了一串人，最后还不忘高度颂扬下自己。

跟徐微雨逛街，其实是很累的一件事，因为两人品位不同，经常会因一件衣服或一双鞋子而争论。微雨："我穿这衣服好看吗？"我："像痞子。"花布衬衫真心不是谁都能穿的呀，大哥。

微雨："这裙子好看，亲，你去试试看。"我："除非我死。"

我："你去穿穿那件黑西装看？"微雨："像出殡。"

于是，我很少跟他一起逛街买东西，我朋友对此表示，"你们俩竟然能互看对眼，也算奇迹了。"我也深深觉得是。

工作中跟徐微雨聊 QQ，打太快打成了：做吗？

微雨：大白天？！附带一张扭捏表情。

我：刚打错了，是在吗？

过了好一会儿，他才发回来：死了！附带一张倒地吐血的表情。

我：问你，朋友的孩子满月我们送什么？

微雨：钱？

我：……除了钱，再送点另外的什么？

微雨：金银首饰？

我：有意义点的。

微雨：电脑、手机？

我：算了，我问错人了。

微雨：别走呀客官，再聊聊嘛！

我：你很闲啊？

微雨：今天的工作都做完了。

我：那就多看点书，多提升一下自己的情操和修养，别让自己看起来那么世俗。

微雨：……

同事会叫我帮忙从网上买东西，我的卡都没开通网上银行，徐微雨有卡开通着，所以我一直用他的卡在买。这导致他的手机经常收到支出多少多少费用的短信。有一回刚帮一同事买完，收过同事给的现金，就接到了他电话，说：“女人，你总这样套现是不行的，你要钱就直接跟我说嘛。”

“……”

晚饭后散步，散步的时候，徐微雨在我后面轻说了声：“我手机放你包里了啊。”然后在后头摸索着打开我斜挎的小包，结果被旁边过来的一大爷喝住了，“偷东西！”

徐微雨满脸纠结地扭头，“我放东西啊，大爷。”

不知道为嘛我笑喷了出来。

那大爷讪讪然走开了，我跟身后侧的人说：“是你动作太猥琐了吧？所以才会被人误会。”

“怎么可能？我长得多正直不阿啊。”

“没看出来。”

“那是你没用心看。”

我心说，用心看，那你就是一彻彻底底的小地痞，那性格……

散完步看广场上的阿姨们跳舞，有美女妖娆地过来问微雨：“帅哥，能不能借下你手机让我打通电话？”

微雨转头，“一、美女如果你是想要我号码来联络感情，我肯定不给的，我老婆就站旁边呢。二、如果你是想行骗，那我是警察。”

美女果断走了。

我靠过去问徐微雨，“你是警察？”

“打了点擦边球嘛。”

我说：“你怎么不跟美女联络感情？”

“怕老婆嘛。”

“……”

没多久，微雨看阿姨们的舞挺简单的，就说：“我也上去跟着跳下。”

“你别丢脸了。”

“怎么会，这一看就 so easy，看我！”然后就跑过去排在了队伍的后方开始跟随她们跳了。

还真成，勉强能跟上。

不过一大男人，穿着一套呢质的风衣，在一群阿姨中扭着，太鹤立鸡群了。我都有点不能直视，跟他招手，“可以回来了。”

“老婆，你也来啊！”

“快点走了，还要去水果超市买水果。”

好不容易劝回来了，他跟我说：“我前面那大妈跟我说，我跳得很不错，让我明天再来。”

我：“那你明天自己来吧。”

到了水果店，徐某人偏要挑最贵的，樱桃雪莲什么的，我跟他说：“这些吃起来跟苹果橘子味道差不多的，营养价值也差不多。”

“可是明显樱桃长得好看。”

“你是买来吃还是看？”

“先看再吃，再说，女人吃樱桃，补血养颜又排毒，你看，我的心里想的都是你。”

“……”

半夜有人打电话来，接起，男声，不是中国话，没听懂，一看原来是徐微雨的手机，于是叫醒他把电话给他，他说了两句就挂断了，我问：“那人在说什么啊？”

微雨：“没听懂，我让他说英文，但我一看这时间点，让他过十小时再打来，不好好学世界时区划分的人最不讨喜了！是吧？”

我：“你睡觉就不能关机？”

微雨：“怕有人找我嘛。”

“……”

睡了一会儿，他贴过来说：“趁夜深人静月黑风高的时候，来一次？”

“困。”

“做做就清醒了。”

“睡眠少明天白天要打瞌睡。”

“明天请假咯。”

“‘欲令智昏’要不得。”

“要得要得。”

“……”

CHAPTER

20

第三年夏天

第二十章

我刚推开书房门，就听到徐微雨在跟小弟吵架……通过视频。

微雨："我高中那会儿都是平头，有自信天生丽质就算是剪平头那也是一帅哥。你这发型见牙不见眼的，搞得跟发廊小弟似的。"

小弟："我的脑袋五十英镑哪！"

"呵，就你这脑袋也就值五十英镑了。"

"你什么意思？"

"你干吗要我一再地重复你这脑袋只值五十呢？"

"我不要跟你讲话了，你让我姐来听！我姐呢？你干吗老用她电脑！让我姐来跟我说！你去死！"

我："……"

微雨回头跟我说："你弟怎么老骂人啊。"

我："没办法，家教不好。"

微雨："哪能啊，是他自己不学好！"

小弟在那头“姐姐姐”地叫，我过去问他：“有什么事？”

小弟：“再过两天我回家，要给你带什么东西吗？姐。”

微雨：“你姐的愿望我会来实现，用不着你多管闲事，哪凉快哪待着去。”

小弟：“你才哪凉快哪待着去！不，你是哪热哪待着去，热死你，最好把你蒸成烤乳猪！”

微雨：“就算是烤熟了，品种也不是猪，这是常识问题，你小学毕业了吗？”

小弟：“你才小学没毕业！”

我：“你们俩就不能消停会儿？”

微雨嘿嘿乐，“好玩儿。”

小弟：“无耻！”

我：“好吧，你们俩继续相亲相爱吧，我去外面看电视了。”

那小两口：“……”

小弟跟比他大两岁的表哥关系很好，每次回家，两人就会凑一起。一次我走过，看到我那表弟正轻拍着小弟的脑袋，笑得一脸“你懂的”的样子。结果小弟来了句：“你有什么话就直说嘛，我这脑门又不是 Touch Screen！”

我那表弟偷偷摸摸说：“不是让你给我带那什么什么吗？”

小弟：“什么啊？”

“啧，那东西啊。”

“违禁物品？你觉得我能带着它们上飞机吗？哥。”

我出声问：“带什么？”

“没没没！表姐，我跟紫浩出去打球了，等会儿来吃饭哈。”

门外表弟对着小弟低声喝道：“什么违禁物品？苹果是违禁物品吗？！差点被你害死了，你姐夫可是警察。”

小弟：“警察个屁！”后面听不到了，不过可想而知绝对不是好话就是了。

小弟刚学会驾车，出门，小弟开车，没开出十米，微雨：“右车道，开右车道！”

小弟：“你吵死了！”

“你不开错，我当然不会吵，谁让你太蠢了。”

“我在外面都是开左边的，还有你才蠢好吧！”

“别说不过就骂人啊，没品，好好看前面。”

没过五十米，微雨：“大姐啊，右车道！”

小弟：“姐你妹！”

我：“……”这关系复杂了。

小弟对我喊：“姐啊，你让他闭嘴吧，烦死了！”

我：“我习惯了。”

两爷们：“……”

母亲买了一只小狗养，小弟很爱宠物，他回家总是各种宠。早上起来路过他房间，门开着，就看到他在和小狗做交流了，“May I help you?... No? Ok, Can you help me? ”穿衣服 ing……

小弟暑假在家待着，一有空就玩游戏，于是我母亲便问我：“他还有没有救？”

我还没说，敞着门的书房里，小弟喊出话来，“我自己心里有数的，你们就放心吧！”

晚点我问他：“你有什么数？”

小弟：“游戏学习两手抓，两手都要硬。”

“……”

晚上跟小弟去遛狗，他一路在跟狗狗做交流，“你晚饭吃饱了吗？”

狗狗：“呜汪。”

“没饱啊，那我叫你多吃点你怎么不吃？每次都是给了不要事后再叫，我很难做的哪！”

我已经听得笑出来了。

小弟继续：“你只要好好跟我混，以后有你发达的时候。”

狗狗：“汪汪！”

小弟：“这就对了！叫一声老大。”

狗狗：“呜汪！”

小弟："好！回头教你打游戏哈。"

狗狗："汪汪汪！"

我："……"

小弟与朋友聊天，我站他后面看了一会儿，就看到他在说什么：You mum's（后来才知道是：你妈的）balabala（全英文）。然后对方发：应该是 your mum……

小弟："文化差异什么的最讨厌了！"

我上去拍他脑袋，"你说话注意点。"

小弟回头："姐哎，我在我们班可是最文明的人了。"

"不信。"

"真的，我从来不说 fuck，我就说 shit。"

我无语，半斤八两吧。

跟小弟和徐微雨去超市，虽然次数很少，但每次都是惊心动魄。

微雨："你推车。"

小弟："你看小爷我是推车的料吗？"

微雨："那倒是，好吧，那你坐车里吧。"

小弟："你去死去死！"

我推着车果断先走了。

买水果，小弟："夏天的时令水果最多了，姐我们多买点吧？"

微雨："不用自己掏钱的人就是站着说话不腰疼。"

小弟："我让我姐掏钱又不是让你掏，你废话那么多干吗！"

微雨："我跟你姐现在是合法夫妻，财产共有。"

小弟："我是我姐的合法弟弟！你去死！"

微雨："你每次让我去死干吗呀，能有点新意不？"

小弟："姐！！"

我正挑苹果忙着。

买水产，微雨："清溪，买虾吧，我想吃。"

小弟："我不要吃海鲜，要长痘痘。"

微雨："你长痘痘关我毛事。"

小弟："我又没跟你说！姐，我不要吃海鲜。"

微雨："我要吃！"

我："买一份海鲜，一份牛肉，你们各吃各的行了吧？"

小弟、徐微雨差不多异口同声，"OK，本来就很简单的事情你非要弄那么复杂！"

买日用品，微雨："洗发露用光了吧，买点？"

小弟："我只用 ××× 牌的。"

微雨："你又不住我家，管你用什么牌，再说住我家我也不给你买。"

小弟："我跟我姐说，你废什么话啊！"又是一番口角。

话说回来，能有吵不尽的话也算是奇迹了吧？

小弟在家（我父母住处），突发奇想想养金鱼，我那天不在，微雨在，他就勉为其难让微雨出门的时候给他带五条，并且很“公私分明”地先将钱给了微雨。

结果我那天到家，就听到小弟在那儿说：“赔钱！”

原来是微雨将鱼带回家的路上就死掉了两条。

小弟：“赔钱啊都死了！”

微雨淡淡说了一句：“投资有风险。”

小弟：“……”

另外三条小弟养到了鱼缸里，养着父亲两条金龙鱼的鱼缸，然后，那三条小金鱼在五分钟之内被金龙鱼吃下了肚子。

微雨：“见过傻的没见过这么傻的，你不知道大鱼吃小鱼吗？”

小弟快疯了，“我让你给我买鱼缸你还说养在大缸里就好了，一起养着要容易活！”

微雨：“随便说说你也信？我可记得我还说了，金龙鱼是跟恐龙一时代的，地球环境好好坏坏，连恐龙都没能一直茁壮地走过来，灭绝了，它们却还活着，可见这种生物有多牛逼了，而你竟然把弱小的小金鱼放到了它们嘴边，是你的天真害死了小金鱼们啊，太残忍了。”

“你去死！”小弟跑回了房间，响亮地碰上了门！

我看着徐微雨，微雨笑笑，“给他买鱼缸了，结果路上摔破了，去找袋子，赶了五十来米才在一家小店里要了只尼龙袋，灌了水回来，就已经死掉了两条啦。”

这算……无声的爱吗？

隔天微雨又给小弟买了一次金鱼，附带鱼缸，“钱就不跟你算了，叫声姐夫就行。”

小弟：“滚！”

微雨：“这孩子。”

小弟开车，速度依然不快，徐微雨对此依然话很多，他坐后面做睡觉状说：“我骑自行车都比这速度快。”

小弟：“那你就下去骑自行车啊，又没让你坐！”

“那也得有自行车啊，另外，我是躺着的，不是坐着的。”

小弟骂道：“Boring！”

徐微雨：“哎哟，还会跩英文，老婆求翻译。”

真心无力。

徐微雨：“顾紫浩，你这名字跟你姐的完全没联系嘛！是因为你生出来的时候很紫吗？然后东风浩荡？你是春天出生的？”

小弟：“你才春！”

微雨：“跟你好好说话你也要叫，你到底什么品种的？”

我：“提醒一下，我跟他同爹妈。”

微雨：“好竹也会出歹笋的嘛。”

小弟：“你才是歹笋！”

我："小弟你好好开车，徐微雨你少说几句。"

微雨："不说话那我唱歌吧？紫 MM 想听什么？"

一路吵到吃饭的地方。

一坐下，微雨点菜，小弟电话响了，接起，都是英文交流，旁边服务生多看了两眼，微雨："别看了，出过点国的就这德行。"

小弟挂断电话就骂他，"我朋友又听不懂中文，还有你这家伙不也去过德国留学吗？哼，德国，希特勒的故乡，鄙视。"

微雨看着小弟摇头，"没文化真可怕，希特勒的故乡可不是德国，他是奥地利出生的。"

小弟："……"

我："……"被科普了。

我很突兀地在夏天拿到了一项市级什么什么奖……然后去领奖前，听到小弟在问徐微雨："我姐拿了那什么奖，你不表示表示？"

微雨："我昨天晚上用力地表示过了，你没看到而已。"

我："……"别说那么暧昧好吧？昨晚上你就声嘶力竭地唱了首歌而已！

夏天结束，小弟返校。

徐微雨和小弟依然在远距离嘴仗。我是传话筒。

小弟最近对徐微雨的评价是：一脸正气的邪门歪道。

我转达，微雨听后，冷笑：“打不过就恶意诽谤啊，低级。”

小弟听后，冷哼：“以大欺小，算毛英雄好汉！”

微雨听后，冷嗤：“说过多少次了，老子从来就不是英雄。”

小弟听后，骂道：“让他去死吧！”

微雨听后，冷笑：“啧，诅咒什么的最没品了。”

幸好这两人不住一起，否则一天吵一架，三天一打架是极其可能的。

还有，我是不是有点“坏人”的味道啊？

CHAPTER

21

旅 游 篇

第 二 十 一 章

1. 跟友人出去玩

那会儿还是高中的时候，这朋友也是性格很火爆的，但是长相乖巧，坐公车去一处景点，车上人多很挤，朋友被人踩了脚，脱口而出："谁啊，负责！"

扭头看到一男的，朋友："我让你再踩一脚吧，当我前面的话没说。"结果那猛男柔情似水地来了一句："不舍得。"

朋友凌乱了。

等我们下车了，那猛男也下来了，还冲我朋友喊："美女，联系方式有没有？"

朋友没回头，举手比了中指。

身后传来："然后呢？！"

这次是我跟朋友都无言了。

两人跑起来，边跑边笑，跑到要爬的小山脚下，回头倒没见对方跟上来，朋友说：“吓死了，那么高大。”

“估计开玩笑的吧。”

“最好是，我可不喜欢这类型，我喜欢你家徐微雨那种类型的，书生气的。”

“……”已经对某人很了解的我，深深觉得书生气跟徐微雨太违和了。

玩完，坐车回家，下车时看到微雨坐在我家门口的花坛边，手上拿着一支香烟在研究。

我走过去说：“你抽烟？”

他跳起来，“哇，吓死我了！我没抽烟，之前补习班出来时，那谁谁谁给的，我琢磨下而已。话说你今天礼拜天不补课又不在家去哪玩了？”

我说跟某某去附近的小城爬山了。

他捏着那根烟说：“你还真有闲情啊，我都快忙死了。晚点要不要带你去吃晚饭啊？吃米线吧？”

“晚上我要去乡下。”

“啧，烦死了，那我走了。”他把皱巴巴的烟扔进花台的泥土里，说，“明天学校见。走了。”

然后我就看着他拖拖沓沓地走了。

那时候，刚文理分好班，想想，还是跟了上去。

2. 跟团的游山玩水

夏天的时候，跟一对夫妻朋友一起跟了团进山。

三小时的车程，那对夫妻朋友一直坐在后面甜言蜜语，男：“饿吗？要吃点零食吗？渴吗？要喝点饮料不？哎哟，你这靠窗位子晒得到太阳，我帮你挡着，宝贝儿。亲爱的，想睡了靠我肩膀上睡吧。”

我这边，身边的男人：“好饿啊，老婆从包里拿点零食出来给我吃。渴死了，你水放哪了啊，赶紧帮我找找。哎哟喂，这太阳咋那么烈，老婆你把帽子借我下？亲爱的，我困了让我靠下……”

一路上我一直在深思，自己是不是爱错了人？

到了目的地，一伙人陆续下车，我推了推旁边人的脑袋，“到了，赶紧起来。”

徐微雨睁开眼说：“感觉好累，你扶我吧。”

果断扔下人下了车。他屁颠屁颠下来，戴着我那有彩带的凉帽，抬头看天说了句：“感觉要被融化了。”我哭笑不得。

玩了两小时，旅行团安排吃午饭。

吃得很素，饭也不白，一向胃口挑剔的徐微雨就在那说：“伙食太差了，吃不下，还是不吃了。”旁边夫妻朋友里的男同志一听就说：“兄弟，你是吃零食吃饱了吧？我看你一路上都在吃。”

微雨：“羡慕我有老婆喂食就直说。”

男同志："赤裸裸的小白脸，强烈鄙视你！"

微雨哈哈大笑，"嫉妒的嘴脸真丑陋啊。"

晚上在酒店下榻后，朋友夫妇来找我们打扑克，于是四人到楼下茶厅打牌了。

牌中，微雨："老婆，让我过让我过。"

我："不好意思，我跟你是敌对家。"

微雨："赢了钱还不是咱俩的。"

男同志对他老婆说："亲爱的，我的钱都是你的。"

对方老婆表示："等你有钱了再说。"

男同志："……"

微雨："噗，美女你犀利啊！"

这姑娘可爱的。

旅游归来，徐微雨洗完澡后跑过来蹭，"在外面都不敢乱来，在家里了，亲，来一次呗，可憋死我了。"

我正把两人换下来的衣服分类往洗衣机里放，推开他说："别瞎闹了你。"

"哪是瞎闹啊，正经着呢，来吧宝贝儿！"然后开始脱衣服果断往地上扔。

为毛我看着这举动很火大呢？……家中负责洗衣服的人心声。

3. 跟徐微雨的自助游

到了目的地，住宾馆，睡前座机响起，微雨随手按下免提键，听见女声问："请问需要什么服务吗？"

微雨："什么服务？"

对方："什么服务都有。"

微雨："送外卖不？"

对方明显停了一下，然后说："只能点人。"

微雨："那算了，我肠胃很不好，估计外面的吃了就直接嗝屁了。"

对方利索挂了电话。

我躺另一边在看电视，转向他问："我不在你是不是要尝尝看了？"

微雨："你不在，我连这笑话都不讲了。怎么样，有没有觉得你老公我越来越会耍乐了？"

"是会耍花枪吧？"

"那不来花枪。"抛了媚眼就跳起来开始脱衣服了，"来真枪？"

"……"

在外旅游中，到一处小店里买水，开店的是一位白发苍苍的老太太，付钱的时候她问我们："你们不是本地人吧？"

微雨惊讶："您怎么知道？"

老太太笑得一脸得意道：“刚开始不知道，我这么一问，你这么一说，我就知道了。”

老太太大概独自在这开店很无聊，所以逮人就要开开玩笑，微雨佩服她，“您该去审犯人，保准两句话就把事实真相给套出来了！”

“哈哈，我可不懂得审犯人，我就只会开店。”

我们走的时候老太太在哼着曲儿，声音不响，但字正腔圆，让人觉得好听，微雨说是昆曲儿。

走出十来米后，微雨道：“等我们老了，也去归隐小市，开家小店，你爱吃水果，咱开家水果店，我抬头问你，‘老太太，西瓜在哪啊？’你说，‘在那箱李子下面呀老头儿。’然后唱唱歌，喝喝茶，看看日出等等日落，最后一起手牵手走入轮回，等待下世在瓜田李下再相见。”

“……”肯定打过腹稿吧？

CHAPTER

22

吵架篇

第二十二章

这世界上没有不吵架的情侣，我跟徐微雨当然也不可能是例外。

第一次跟他吵架，就是之前写到过的高中时期文理分班的时候。他当时可生气了，好几天没搭理我。摆着脸，谁碰都发脾气。

冷了好些天，那天中午看他坐在食堂里吃饭，我想这样僵着实在难受，索性早死早超生吧，就跟身边同学说我去那边吃。几个朋友也暗暗鼓励说：“其实清溪，你家徐微雨很好讨好的，你跟他稍微撒下娇，他保准儿就服帖了，然后又是每天清溪长清溪短的。”

我心说：他固执起来无人能敌。

我过去的时候，他看到我，竟然就把头别开了。我心里凉了一截，也有点气，第一次很傻地想，你想要冷战那就冷战吧，我冷起来肯定比你长。

站了半分钟就要拿着餐盘走开，就听到他骂过来了：“走什么走，你给我坐下！”

“……”

我走出一小步，他走一大步，最后总是会好的。

第二次吵架是大学那会儿，大二。

他来看我，我那时候忙着考六级，他说来，我“哦哦”就应付了，他来的具体时间我记得很模糊，潜意识是觉得他要等我考完了再过来。

考试前一天，也就是他来的当天，我手机没电也懒得充了，全身心看书。他那天找不到我，又急又气。而他当时并不知道我住哪个寝室。

我傍晚从图书馆回来，在喷泉花坛那边见到了站在那儿脸拉得老长的某人，当时心就咯噔了一下。

一是，意外，我还睁大眼看了好一会儿才确定是他没错；二是，看这脸色，应该不是一般的生气了。

他看到我，一愣，立刻冲过来，劈头就说：“你是故意的吗？啊，一整天都关机！我还以为你出什么事了！哦，不对，你怎么可能会出事，就算我等死了，你也照样会过得好好的！”大致是这样，中间还有几句就是说站得脚都快断了，总之委屈有，生气更有。

而我被他劈头盖脸骂得脑子也嗡嗡的，然后就有点想哭了。

微雨马上皱眉了，缓了口气说：“顾清溪你哭什么啊？是我想哭好不好！”

让他等了那么久很内疚才红了眼睛。

而如今的吵架基本都是雷声大雨点小的，如下：

早上叫徐微雨吃早饭，喊了两次没回应，就跑房间问他，他裹着被子滚了圈说："你端过来呗。"

我忍不住冷笑一声，"那你就饿着吧。"

基本上周末我吃完早饭会去逛下花鸟市场，爱好一直偏向老年群体。

从花鸟市场买了些扶桑花的种子回来，就看到徐微雨在小区里的篮球场上跟人打篮球呢，深秋就穿着一件背心。

他看到我就跑过来了，一上来就嘿嘿说："我饿了。"

我禁不住又冷笑一声，好吧，我俨然成冷笑君了，我说："那你去床上躺着吧，我端给你。"

某人："……"

那什么，懒人是需要受到惩罚的。

或者干脆是无理取闹，如下：

一许久未联系的男性朋友找我聊了会儿天，问及我是否已结婚？是否已有对象？可否考虑一下他呢？

徐微雨听到后幽幽地说："我要灭他满门。"

"他也就随口问问。"

微雨："我也就随口说说。"

然后两人正常吃晚饭，饭后他问我："那小子叫什么名字，现在在哪里？"

"不知道，我跟他也不熟。"

"名字总知道吧。"

"貌似姓杨。你为什么一定要让我清晰地想起他呢？"

"……"

再如下：

有说"盘根问底却又受不了真相"是女人的通病。

我跟徐微雨说："如果哪天你背叛了我们的婚姻，那么请你自觉跟我坦白，然后我会打你一顿，分手再也不见。"

微雨看我半天说："如果哪天你背叛了我们的婚姻，那么请你自觉跟我坦白……我会死在你面前，再也不见。"

好吧，算你狠。

这对话过后，他又屁颠屁颠去上网了。

我进去拿书，在他后面转悠了一圈，他说："屏幕反光看到你了，对我做鬼脸了吧，哼哼。"

我："我只是提出一种假设而已，你总不能为此而生气吧？"

微雨："没生气，觉得不爽而已。""不爽"重音。

我："那我道歉？"

微雨："肉偿！"

我直接把他脑门轻按在桌子上了。

他哈哈大笑，"不敢了，你放手，哎哟，我的脖子歪了！"

我松手后他就在那边揉脖子，回身看着我幽怨地说："脖子歪了带出去丢脸的是你。"

我："那就不带出去，家里红旗不倒，外面彩旗飘飘。"

微雨："你不怕死就给我飘。"

我："怕。行了，你玩吧，我洗澡去了。"

"洗澡？我也洗！"

"那你先去洗，我玩电脑。"

"干吗要分工啊，一起一起，男女搭档，干活不累！"

"……"

再再如下：

新建文档，打开时系统自动跳出在线模板热门推荐，排在第一的竟然是《离婚协议书》，下载次数竟达到六十多万。

于是好奇，下载了那份《离婚协议书》，打开，第一点：男女双方自愿离婚，第二点：财产处理，第三点：债务处理，最后，男女双方签字……原来《离婚协议书》长这样的。

看完就关了。切换到旁边的文档打工作总结。

隔天上完班后回家，徐微雨坐在客厅的沙发里，一脸肃穆。

我说：“晚饭吃了吗？”

微雨不吱声。

我：“我刚打你电话怎么不接？如果没吃的话，我做饺子吃？”

还是不吱声。

我心里有点感觉出来他在闹别扭了，就走过去问他：“怎么啦？”

“没事。”

“你口气不善啊。”

他站起来，很认真地问：“我们结婚多久了？”

“大半年。”

“你对我有什么不满？”

我想了想，他马上生气了，“还要想？！果然有不满！”

我无语了，“不是你问我吗？”

“你想都不应该想，哼！”

“你干吗啊？”

“你下《离婚协议书》干吗？”

“啊？”

“《离婚协议书》！”

“那……我随手下的啊。”

“你随手下来干吗？”

“就看看啊。”

“看什么？！”

“好奇啊。”我想了想，补充，“你不会以为我想跟你离婚吧？”

他愣了下后，躺倒在了沙发上，打开了电视，拿起了茶几上的一包瓜子，嗑起来……

为什么好想抽他？

CHAPTER

23

可爱的亲戚

第二十三章

徐微雨的堂哥是北大生，据说从中学开始一路保送上去，很牛的一号人物，然后，我第一次看到这位堂哥，他对我说了一句："MM，有没有对象介绍啊？"事后我问徐微雨："你们堂哥挺一表人才的，怎么还没找到对象呢？"

徐微雨说："他五行缺德。"

"……"

后来跟堂哥熟悉后，他有一次来我家玩。

我听到他跟徐微雨在说："是兄弟就帮忙一下，只是让你去帮我看看人而已，又不是让你出轨。"

微雨："跟你说了没空。"

"是你老婆让你跟我去的哪，她让我告诉你不要敬酒不吃吃罚酒。"

“我老婆？你不早说！走起。”

“……”

我就说了句，要不让徐微雨帮你参谋参谋，完全没说过“敬酒不吃吃罚酒”这种话吧？

他们回来时，微雨在楼下停车，先上来的堂哥跟我说：“弟妹啊，对不住了，一路用你的威名让你老公开了车，请了饭，还买了点水果送了那姑娘……结果那姑娘看中了你老公！”

我无语，“然后？”

堂哥：“我自然不能让这种事情发生啊，毅然决然牺牲了自己，说我跟你老公才是一对。”

我彻底无语了。

这时徐微雨上来了，一进门就破口大骂：“徐缺德，坏我名声，老子阉割了你！”

然后只见那高才生在房子里上蹿下跳喊救命！

跟徐微雨，以及他的北大堂哥一起出门买年货。

微雨开车，路上一直堵，堂哥就一路叫：“超过那辆！快，红灯快亮了，飙过去！”

微雨欣慰地对我说：“看吧，比起他，我文明多了吧？”

堂哥：“文明什么啊，你这速度太坑爹了，回头我来开。”

微雨：“我没意见，你问我媳妇。”

我："我也没意见，前提是如果被开罚单你们自己去处理。"

高才生堂哥说："No 问题！"

回去堂哥开，微雨一路上在说："超过那辆！快，红灯快亮了，飙过去！"

敢情两人都是"站着说话不腰疼"啊？

微雨的北大堂哥的亲姐姐的儿子，刚满四岁。特别爱徐微雨……的手机。因为他手机上游戏多，一回假期北大堂哥把小男娃放在我们家后自己出去玩了。

我跟微雨中午便带着小男娃出去吃饭，在人满为患的餐厅里，小男娃拽着徐微雨的裤子大声说："叔叔叔叔，我要玩你的小鸟，在哪儿呢！"

全场静默。

微雨一头黑线地从口袋里掏出手机，然后郑重而响亮地说："你很喜欢玩叔叔手机上的《愤怒的小鸟》对不对？现在给你玩！"

于是小男娃接过手机就特开心地玩起了《愤怒的小鸟》。

回家后，微雨便道："我要卸了这坑爹的游戏！"

陪家族里一个六岁的表妹做语文作业，我各种压力。一道看例子做题的题目，就把我难住了，揉着头在那苦思冥想，小表妹就在旁边说："姐姐姐姐这道我会的，我跟你说。"

微雨进来的时候就听到这话，上来就一番嘲笑，“亏你还是文科生呢。闪边儿，让我来。”

然后他单手撑桌沿，研究了足足五分钟，说：“有点难度……咳，我是理科生。”

结果小表妹还来了句：“你们都好笨！”

“……”

微雨：“放屁，小爷我差一点就是理科状元我跟你说。”

小表妹：“状元是什么？”

微雨：“牛人。”

小表妹惊恐状：“牛魔王？”

微雨：“不是，其实是孙悟空。”

小表妹：“哇，微雨哥哥是孙悟空，那你的金箍棒呢？”

微雨：“熔了卖了，买了房子结了婚。”

小表妹捂嘴偷笑，“我才不信呢，我知道你骗我。孙悟空牛魔王都是电视里的，还有猪八戒，都是假的。”

我同情地看着徐微雨，“你真的已经不了解‘00后’了，他们都知道08年北京奥运会，钓鱼岛是中国的。你还是洗洗早点睡吧。”

微雨泪奔地跑了。

这位小表妹，大概是看多了电视上的战争片，一天来我家做客都带着一面小国旗，用一支筷子撑着，一进门就说："打倒鬼子！"

微雨在那儿说："我成鬼子了？不要啊，我是被冤枉的啊！组织要相信我！"

小表妹淡定地看着配合她演戏的人，说："微雨哥哥，你好幼稚。"

微雨："……"

后来小表妹一定要我加入她的团，说她是团长，我当挥旗人，号角响起的时候我要跑最前面。

我说："我跑步不行，肯定没跑多久就被超过了。"

于是小表妹勉为其难找了微雨，微雨肃穆道："我当举旗人明显大材小用了，组织，我请求开 ZTZ-99 式主战坦克，它装备了三种弹种，分别是尾翼稳定脱壳穿甲弹、破甲弹、榴弹。发射尾翼稳定脱壳穿甲弹时初速为 1760 米/秒，直射距离 2300 米，对均质装甲的穿甲厚度 600 毫米以上，发射破甲弹时初速 1000 米/秒……"

小表妹："微雨哥哥请你认真点好吗？"

微雨："……"

最终徐微雨举了面旗子在那儿冲锋。

小表妹很喜欢小弟，每次小弟在家的时候，她总要过来黏着他玩，哥哥长哥哥短，小弟虽然"傲娇"，但对表妹却是关怀备至的。

两人关系好到什么程度呢？

一进门，小表妹：“老顾你在啊？”

小弟：“哎呀我们家老王来啦！”小表妹姓王。然后两人手拉手，看电视嘛看电视，吃零食嘛吃零食，你打游戏嘛我在旁边喊加油。

微雨一回来接我回去，看到就说：“紫 MM 你打游戏就打游戏，还带坏小朋友，你的道德底线呢？”

小弟不搭理他，跟小表妹继续玩。

微雨靠书房门口，对小表妹招手，“来来，小美女过来。”

小表妹平时也是很爱跟徐微雨一起玩的，正左右为难，小弟便骂道：“你能不能别耸门口？很碍眼哪！”

微雨见小弟重心转过来了，又马上跟他“争论”。

我后来回去的时候跟某人说：“我一直想说，其实你们之间才是真爱吧？”一被忽视就要拼命刷存在感什么的。

我本以为这次是我完美地结束了话题。

结果，徐微雨幽幽望着窗外，忧郁地说：“是啊……可是，我们再也回不去了啊……”

CHAPTER

24

文化差异最讨厌

第二十四章

徐微雨的留学笑料之一。

因为外国人不吃鸡爪，所以国外超市鸡爪很便宜。有一次他买了一大包，拿回寝室正卤着，一室友老外看到了，就好奇问这啥呢。

当时微雨刚出国，外文还不特别精，一下找不到词，只好说："This is finger（这是鸡的手指，鸡的英文他一下子说不上来）。"直接把老外给吓走了。微雨跟我说的时候还特鄙视他们，"他们的肯德基、麦当劳差不多就是全鸡宴了，还不许咱中国人吃只鸡爪啊。"

我一想，肯德基、麦当劳还真没鸡爪卖。

我问："外国人里就真的没人要吃鸡爪？"爪子那么好吃。

微雨："我接触的那些没，不过等我烤完了他们都说好香！然后我一边吃一边问他们'香不香不'，嘿嘿嘿。"

“……”

徐微雨的留学笑料之二。

还有一次，吃橙子，微雨手里套了剥橙器剥，结果一名不知道哪国的外国人就跟看妖怪一样地看着他手随便动一动，橙子皮就变成了几瓣，然后微雨同学跟他介绍了这玩意儿，对方表示中国人太可怕了。微雨同学很欣慰。

徐微雨的留学笑料之三。

牛津大学里有家很便宜的自助餐厅，菜很好，价格很便宜，但是要求穿正装才能进去享用餐点，何谓正装，即西装外加上斗篷。

微雨有一回就去那学校找他一哥们玩，被带去了这餐厅吃饭。

徐微雨：“丫我当时差点以为穿越进《哈利·波特》里了！”然后说他那朋友对此吃饭规定也是万分的神伤，还经常为了不穿这么囧而不去吃饭的。徐微雨很同情，“幸好我不在牛津。”

我说：“你是考不上吧？”

微雨：“啧，如果我发力的话，牛津、剑桥什么的都是铁板上的事！”

我：“那你怎么不发力？还是那句话，是发不上来吧？”

微雨：“我这不是怕我太那啥，你会有高攀的心理压力嘛。”

“……”我说，“你太高估自己了。”

“亲别走啊！我错了，大人，小的再也不敢口出狂言了！”

小弟有回跟我打电话，泪奔地说：“之前老妈不是给我寄了金华火腿到学校里吗？然后被同学看到问是什么，然后我就说是 leg 啊 leg，然后差点就被人报警抓起来了有没有！”

“然后呢？”

“姐你没同情心！”

“是你自己英语没学好。”

“有些中文很难翻的好不好？”

“不就是 jinhua leg？”

“……”

本土的文化差异。吃饭的时候我突然想到一段萌对话，就对对面的徐微雨说：“来，到我的碗里来。”

结果某人扭捏了一下，说：“要红烧还是清蒸？”

这就是赤裸裸的代沟吗？

他吃了会儿，说：“你那话有点耳熟，哪里听到过？哦，电视上，广告里。”

然后，后面的日子。

早上洗完脸擦粉，徐微雨：“要想皮肤好，早晚用大宝。”即使他擦的压根儿不是大宝。

到饮水机旁倒了杯娃哈哈纯净水，“我的眼里只有你。”

晚上洗头，徐微雨：“飘柔，就是这么自信。”

Kiss 前，他嚼了清嘴含片，“想知道‘清嘴’的味道吗？”

我疯了，说：“算我错了。您回归正常吧？”

他说：“挺好玩的呀……好吧。”拿出一套套，“最后让我说一次，‘幸福生活，我有一套’！”

CHAPTER

25

婚后日常之不作会死

第二十五章

周末第一天微雨在那儿跟朋友打电话："我车子上换一个小零件要我四千大洋，换下来的卖废铁四毛都不到！坑爹。"

然后对方说了什么，他冷笑，"爷我没钱。"顿了下，"不过我老婆有，嘿嘿。"

我在想我一直在月光的路上走，什么时候富过了？只听他又接了句："没错啊，我说这就是气你没老婆疼怎么样？哈哈哈哈哈！好爽啊！"

……抖 S？

车子要维修了，徐微雨打 4S 店预约："Hello，一辆 ×××，车牌是……明天下午过来。"

对方停了一会儿，说："对不起您打错了，这里是家政服务中心，请问您需要什么服务吗？"

我以为他要挂了，结果他马上就问："你们那有什么服务？"

"钟点工，家庭保姆等。"

于是他叫了钟点工，明天来家里大扫除，最后满意地挂了电话。

我看了他好一会儿，不得不怀疑，这家伙"打错电话"是故意的？懒死他。

那天隔天送走钟点工，微雨在看电视，他同事打电话来，他懒得要死就按了扩音键放在桌上听。电视里正播放到一女声在说："你别走，我错了，求你别走！"

对方小声地问："你跟你老婆吵架呢？"

微雨："没啊。"

对方："哦，吓死我了，我还想说如果你跟你老婆吵架的话那你明天就别来单位了，免得我们被你迁怒，受到强有力的生命威胁。"

坐旁边的我深深无语了。

事后我问徐微雨："你在你单位发过脾气？"

"没啊。"他说，"我就说如果哪天我离婚了，你们记得把所有武器都锁好，我就说过这么一句。"

"……"

国庆节，我们家跟徐微雨家的家人去饭店吃饭。

走进饭店的时候，听到微雨跟他爸在说："您能帮我处理下罚单吗？”他爸果断说：“不能。”

然后席上他开始灌他爸酒，他爸喝高的时候拍着他儿子的肩说：“喝醉了咱也是帮理不帮亲。”

微雨果断放下酒瓶，转头对我爸来了句：“爸，现在改招赘还行吗？”

这家伙还真是什么长辈都不怕。我爸一贯严肃来着，结果也被他逗得笑出来。

真是活宝。

回家的路上，我问他：“我看你喝酒了，还是我来开吧，你靠着休息一下。”

“就两杯而已，再说，市内没事的。”

“你大半罚单都是市内的好吧？”

微雨忧郁道：“别那么直接嘛，对了，亲，能不能借一下你的驾照给我？我分可能不够扣了……”

“……”我严肃批评，“你下次要注意点了！”

“那肯定的！”

“再有罚单怎么办？”

“再跟你借！”

“……”说了半天，都是废话。

假期里，陪徐微雨的朋友去看车子，微雨俨然已经在他的朋友圈中，包括我的朋友圈里，树立了“汽车专家”的名号，一进车行，看了一圈，最后只见微雨停在了一辆黑色轿车前问：“这车怎么样？”

销售员：“绝对能开！”

我们旁边的人都默了，连那销售员也反应过来自己刚脑抽了，但微雨却煞有其事地点点头，说了句：“嗯，不错不错。”

“……”

晚上去澡堂洗澡。我先洗完，在大厅里等徐微雨，等了半小时没见出来。

后来才知道，这家伙在里面晕倒了……晕倒后被人架到了换衣服的房间里，有男的工作人员在给他用冷风机吹，醒来后这家伙模模糊糊嚷了句：“我不要特殊服务！”据说旁边的人都笑疯了。

到车上后，他靠过来，拿我袖子做擦眼泪状，“人家都被人看光了，老婆，你回去可要好好抚慰我的心灵。”

“我可没看到。”

“平时可都是你一个人看的！”

“……”

路上，他一直像祥林嫂似的在那神神叨叨：“被看光了，唉，怎么办，被看光了，感觉好厌世，怎么办，一丝不挂，丢脸啊，感觉再也不会爱了……”

我说："有那么夸张吗？"还厌世了，还不会爱了……

他立刻提高嗓门道："有，我的身体原本是只为你一人裸露的，现在……"我打断他的话，"你爸妈爷爷奶奶，还有一些长辈，大概不少人看过你全裸的吧？虽然是小时候的，而长大后的，你不是说过，大学那时候边洗澡还边跟人比那啥吗？呃，你跟外国人比不会受打击吗？"

微雨："说！你是谁？！我老婆呢？！"

"……"

我间歇性会非常懒，一动不想动，洗衣服做饭都不想，但衣服换下来不洗心里有疙瘩，所以叫徐微雨进书房，说："给你一百，把衣服去洗了。"

徐微雨一顿，我以为他要说我不高兴了，结果却说："人家才没那么廉价呢。"

"两百？"

洗完了，他跑回来说："这位顾客，要不要再来个陪床服务什么的啊，只要一百就好了。"

我："不用了。"

"五十，五十！"

"……"

"倒贴，倒贴！"

“……”

晚上徐微雨上网，看到一条新闻，是质疑一人妖整容的。

微雨：“我当场就喷了有没有？人家最关键的部位都公开整过容了，其他地方动点刀子算毛啊？现在新闻越来越无聊了。”

“……”

洗漱时照镜子，他左看右看，说：“我这张脸真是三百六十度无死角啊。”

正刷牙的我点了点他下颌，“这角落遗留了泡沫，大概是在死角，所以没看到。”

“……”

徐微雨一早起来在我衣服口袋里摸，我说：“你干吗呢？”

微雨：“亲，给点钱吧。”

我心想，不能这么穷啊，便问：“你是不是出去做了什么我不知道的事情了？”

微雨暗含深意地看着我，“你终于知道了吗？”

我脑中立刻显现“吃喝嫖赌”一词，只听他又说：“我不是把我的小金库都默默塞给了你吗？努力做新时代好男人，没给自己留下一分零用钱，然后当你猛然有一天发现的时候，就会抱住我说‘老公你最好了’！但是，一早起来现实告诉我，单位食堂是要自己掏腰包的，所以，老板，请给小的十块钱的饭钱吧。”

我无语好久，“你塞哪件衣服里了？”

于是两人一早上在那儿翻大衣。

表嫂在大学教书，我闲来无事便跑去听她讲课，那天过去没跟她事先打招呼，但是挑了她上课的时间，坐了后座。旁边有同学轻声问我：“你貌似逃了好几节课了啊同学。”

我不知该如何作答，于是笑而不语，这男同学很有恒心，又问：“你不是我们班的吧？”

我说：“我旁听。”

对方果断说：“还有要旁听大学课程的？那你给我你号码吧，你帮我点名，我请你吃饭。”

旁边有人笑出来，“他想泡你！”

那男生红着脸反驳，“不是。”

这男生应该是真不是，他就是想让我给他点名，不过我还是跟旁边在暗暗起哄鼓舞他追我的同学说明了一下，“我领证了。”

后一天，我听表嫂惊讶地跟我说，他们学校据说有学生已经结婚了！

我：“……”

跟徐微雨以及一对朋友夫妇（那男的跟微雨是兄弟）去电影院

看电影。

电影中途，那哥们说了句，“啧啧，高智商犯罪啊这是。”

徐微雨慢悠悠说：“犯罪我是看出来了，高智商倒是没有。”

哥们：“老兄，你不觉得这影片很有深度吗？”

微雨：“因人而异吧，对你来说可能是挺有深度的。”

哥们：“我说嫂子，你老公是不是在对我人身攻击啊？”

我：“……”也没怎么看懂的人，对此不想发表任何意见。

CHAPTER

26

他们的生活

第二十六章

初中朋友结婚。遇到了一批我差不多都快要不记得了的老同学。那天也带了微雨过去（他初中跟我是不同校的），酒店里刚入座，有人过来跟我打招呼，“你是顾清溪？我就说看着眼熟得很。听说你结婚了？”徐微雨在旁接茬，“跟我结的！”

那同学笑道：“郎才女貌郎才女貌。”然后问我们，“要不要去那边坐，都是老同学，聚聚？”

微雨：“都不熟了啊。”我忍不住在心里吐槽，你压根没熟过吧？

那同学说：“没事儿，吃一顿就熟了，走走走。”

于是我们换了桌，有一个男生，我记得初中时很瘦，现在却圆圆滚滚的，一个女生当年很矮小，现在却很高挑了……我看着不禁有点小感慨，儿时记忆里的人都换了模样，也不知我在他们眼中是从什么样变成了什么样？

看着他们，我真心觉得，时光如梭，十年，可真快。

初中同学的婚礼过后，就又轮到微雨的一个高中同学结婚，我表示，还是不去了吧。那人因工作调去了外省，在那儿安家了，去外省吃顿饭，太折腾了。但微雨表示，“也有哥们要过去的，我们搭车。反正也是周末，当是出省旅游一趟了，去嘛，去乐呵乐呵嘛。”

结果，去的前天，那哥们手受伤了，于是，我开车。徐微雨前段时间罚单刚拉出来，再扣分得吊销驾照了，高速不敢再让他开。回来时，原本是打算跟那哥们的老婆轮着开，结果那姑娘一高兴喝倒了，于是，我开回来。

乐呵乐呵？这一天简直是累得要死。

回家泡脚，微雨过来给我洗脚，说：“媳妇儿，对不住你，给你揉揉脚。”

我特怕痒，一碰就全身抖，笑着求他：“求你了，放过我吧。”然后拿了毛巾擦完脚就上床。

他去倒了水回来说：“给你捏捏腰？”

我怕他了，“你自己玩去吧，我睡了。”

我睡了会儿醒来，发现旁边的人正一下一下捏着我的小腿，确实舒服多了。

我说：“你也睡吧。”

“还早。”

“那别捏了。”

“不累。”

“那我睡了。”

“睡吧。”

高中时的同桌生了女儿，我跟徐微雨在周末去看望了。

微雨看着婴儿半天，说：“这长得怎么谁都不像啊？”

我把他扯回来，“刚出生的，还看不出什么。”

之后好友躺在床上跟我说话，徐微雨跟孩子的爸在旁边聊天。

孩子的爸问：“你们什么时候生孩子？”

微雨：“暂时不想。”

孩子的爸：“怎么，也不早了吧？可以考虑起来了。”

微雨：“哎，感觉孩子会成为某种夜生活……你懂的……的障碍。”

这人能注意下场合吗？！

高中时期因同爱国画而深交的一位知己去看了一场“中国五代宋元书法珍品展”后回来说，看着每张画上写着的美国 ×× 博物馆，真的不大好受，看到无数人对着那些画拍照也很不爽，即使不开闪光灯，那些光波对于古画的伤害也很大的，可还是有那么多人拍照，其实拍回去他们也不会看。

她说那天唯一安慰的是，在《五色鹦鹉图》前，看到了一名小男生，义正词严地对着一位朝《五色鹦鹉图》猛拍的大叔说：“这是国宝，如果你喜欢它，就多看看它，不要伤害它。”

朋友：“当时我看着那只鹦鹉的眼睛和毛色就想飙泪了，这小男生再来这么一出，差点就疯了。真好，还有人懂得珍惜这些古画。”

这是国宝，如果你喜欢它，就多看看它，不要伤害它。

妇女节的时候，超市里卫生巾的两排架子四周都挤满了人，当然九成九都是女性，偶尔也有男同胞在那帮爱人们抢的。

在外围观看了一番，我决定放弃，但国画知己不死心，她喊了一声：“看在我一次来两周的分儿上，让一让吧！”然后冲了进去。

半晌她出来说：“好热。”

我看她篮子里装了半篮子卫生巾，笑了，“用半年应该够了。”

好友笑骂：“分你一半。走吧走吧，去挑点果蔬酸奶就回去了，三八节出来真是失策。”

我：“徐微雨让我帮他带点漱口水。”

好友：“他不会懒到连牙都不想刷了吧？”

我汗，“他在单位里吃完午饭要漱口。”

好友：“我说你也太宠他了吧。”

我不解，“一瓶漱口水跟宠有啥关系？”

好友：“无微不至以小见大嘛，说真的，他高中那会儿追你的时候，我一直不看好来着。”

我惊讶，这想法我这好友倒没跟我说过，“为什么？”

好友：“他在咱班后门口叫你吃饭，你说我跟我同学去吃，他拉朋唤友主要是想拉你去唱歌，你说不会唱歌你们去，他问你周末要不要一起复习，你说我习惯在家看书，他给你带早餐，你说我吃过了……我当时真以为他会甩手再也不理你。说实话，如果我是徐微雨，你这么折腾我，我肯定不理你了。”

我：“……”

好友继续：“所以我一直不觉得你们能走一起，再说了，他后来直接出国了，那更是没戏了，我还跟那谁说，估计十年后开年级同学会，你带着闺女他带着儿子来，然后两人‘嗨’一声擦身而过就是一辈子了。”

我：“当时不是没怎么敢想嘛，年纪小……”

好友：“去你的年纪小啦，那会儿我们班好几对都那啥了，我知道你不知道，你都不关心八卦。至于你跟徐微雨，能最后走成一对，真心跌破好多人眼镜。”

我：“是啊，我们能功德圆满，要多谢谢他。”

好友：“噗，功德圆满！说起来，高中那会儿，咱班喜欢徐微雨的女生有好几号呢，不过现在都结婚了。”

我：“哦。”

好友：“你不问问是哪几号人吗？”

我：“那年纪喜欢人是很容易的，样子帅点，或者体育好的，或者性格出挑会说话的，或者，只是坐得离你近点的。那种喜欢，其实‘爱情’的成分不多吧，最多就是有点欣赏。你现在再去问问她们看，估计她们连徐微雨是谁都不记得了吧？”

“绝对记得！”好友笑得很大声，“你要对你老公有信心，上次我跟那谁谁谁在街上遇到，她就说，徐微雨好像跟你结婚了，哎哟，虽然想说恭喜，但对于暗恋了他那么多年的人来说还是有点小惆怅的。这女人还是挺着大肚子说的呢。”

“……”

最近室长从银行辞职了，打算闭关考公务员，发誓要考到三十五岁。

问：“为什么是三十五岁？”答：“因为三十五岁之后就不可以考了。”还真是要奋斗到最后一刻。

而对于一向不学无术、爱美男不爱江山的室长来说，她要考公务员？

兰兰深刻表示：一想到室长要考公务员我就对我们政府忧心，如果她考上了，就是赤裸裸地给政府抹黑！

这两人是有多么互看不顺眼！

室长有一天跟我打电话，以咆哮的方式说完，“好不容易又恋上了一男人，结果刚混熟呢，让我给他介绍女朋友了！我真的那么男性化吗？不死心，于是含羞带怯地问他那您看我如何呢？他说，我最欣赏你单身的姿态！姿态他妹啊！”

室长：“清溪，我究竟该何去何从？！”

我：“你不是说近期不想谈恋爱，一心只考公务员吗？”

室长：“是啊，可问题是，我永远都是雷声大雨点小。公务员，可望而不可即哪，想来想去还是找一好男人嫁了比较实在点。”

我：“那随你啊。”

“溪子你不关心我！”室长正打算无理取闹时，徐微雨接了我手机说：“行了，我们要睡了，挂了。”然后果断收了线，对我咕哝：“她怎么那么烦人啊？”

后来，半小时后，室长又打来，我接了，“喂？”

“喂喂？”

“喂？”

“咳咳，你们没在那啥啊，亏我还扣准了时间打过来呢。”

“……”

今天一天都在闹胃病的徐微雨滚到我旁边冷声说：“把这女人的号码拉黑！”

达人也相亲了。她说她问了对方有房不有车不工作怎么样？对方不答反问：“那你先说说你又有什么吧？”

达人：“我有卵子。”

不意外，相亲破裂。

达人：“相亲，第一眼，看外形，三秒钟搞定。问及经济情况，答不答是态度问题，多少是能力问题，能力有高有低人之常情，态度好坏却是自身素质的体现，是能自己把握的。你说这人，一问他就一副好像别人欠他的嘴脸，是没自信，还是心理扭曲觉得女人都是拜金的？笼统说，女人嫁给一男人，给他洗衣烧饭，杀猪一样生了孩子，之后带孩子还要上班，慢慢成黄脸婆了，他嫌丑了，向外发展了，一披露出来，就说自己压力大啊赚钱不容易啊，你倒去试试看啊！嘿，那如果让他生孩子带孩子再工作，那这压力不得自杀啦，搞笑！”

我：“亲，你最近是不是有点悲观？”

达人：“可能。我知道幸福的家庭还是有的，好比你跟徐微雨。”

我：“我那感觉完全是在带孩子，不提也罢。”

达人：“……”

从儿时一起玩到大的青梅竹马在国外读博士，即将升博士后，她有次打我电话说：“如果人生能重来一遍，我想中学就辍学结婚了。”

我想，有得总有失的，也许你中学辍学就嫁了人，你如今可能会跟我说：“如果人生能重来一遍，我当时就好好读书了。”

谁也说不准哪条路是最好走的不是吗？

所以，我的朋友，无论你走在什么路上，都请好好地走，一路过去，风景总有好有坏，好的时候请好好欣赏，坏的时候也请从容地走，遇到许多各式各样的人与事，权当它们丰富了你的人生吧。

CHAPTER

27

婚后日常之
你的节操呢

第 二 十 七 章

徐微雨很无耻的时候，我会说他："你的节操呢？"

他回眸一笑百媚生地说："爱上你的时候就掉了。"

然后，当他的同事、朋友，被他在清风明月般的高雅气质下所做出来的啰瑟举动所刺激到时，会对他说："雨哥，你的节操掉了！"

他回头一笑，"不，是你的节操。"

总之，我接到过不止一通电话，关于徐微雨节操的事。

"弟妹，你要替我做主，对，我是他同事，同部门的，敝姓刘，遭受了他非人道的侵犯！晚节不保，想跳河，但是家中有老有小……"

"……"

后来我问他："你怎么侵犯了刘同事？"

微雨："屁！他整天没事做，在我办公室里晃荡，烦死了，让人拿了副手铐过来把他绑位子上，让他消停了一会儿而已。"

“……”

微雨单位组织去某地打真人CS，我被带去，各种不愿。好在不少男同志也都带了家属。

上场前分配，按抽签方式，我跟微雨成了敌对方。他拉着我的手说：“媳妇儿，我是有组织性有纪律性的人，所以后面我对你做了什么，请你……大人不记小人过，回家不要让我跪键盘啊。”

前面有人喊：“雨哥，你婆婆妈妈干吗呢？赶紧过来集合！”

微雨：“吵什么吵，我在重申我的擦边军人人格！”

战斗开始，没多久，我就被人用枪指住了。

徐微雨从远处跑来，“等等等等！那俘虏让我来！”

我望天，徐微雨跑到后，只见他深情地看了眼他的队友，然后，把他灭了。

队友：“……”

我：“……”

微雨：“对美女下不了手啊。”

不是美女的我真心诚意地说：“您还是一枪解决了我吧，我真心想下去喝茶了。”

据说，徐微雨有一次跟同事下班后去吃饭，前两天刚美国军演，于是他们吃饭的时候就在那儿交流这块内容，时不时漏出些“导弹”、“威力”、“投送”等词语，他们讲得比较专业，还会加几句：“如果碰上我军的什么什么就怎么样怎么样？”“谁胜谁负还不一定。”“比比才知道！”之类的。

于是很多吃饭的人默默把眼光转向了他们。

最后他们这群高知分子埋单的时候，店老板摆手豪迈道：“兄弟，你们都要上前方打仗了，这顿我请了！听你们说，现在武器都这么牛逼……估计……”店老板不忍地扭头。

微雨对我说的时候，满脸惆怅，“那位大哥请我们吃了‘最后的晚餐’，那次之后，我们也没好意思再去那家小饭馆了……”

徐微雨各种流氓语录。

上床翻滚一周半，含情脉脉看着我，“貌似中了歹毒的男欢女爱散，路过的这位姑娘解下毒吧……喂，不要走啊姑娘！”

在电脑前忙，他跑过来说：“求失身。”

在晒衣服，他绕着圈，一脸呆萌地说：“这位面善的承包户，请承包下我吧？只要辛勤耕作，保证你明年会有很大的收获，稳赚不赔。”

我：“……”

当然，基本就是瞎吵吵。

在外面，跟他朋友一起时，看到有人看美女，微雨冷哼：“你们的素质呢？”完了又说，“要看就看自家的嘛，别人家的看了也白看！”

我一回忍不住问他，“你们男人就没点高尚情操？”

微雨淫笑：“……情……操……我都有啊，当然，我只对你有！”

打电话，想打给室长，结果拨错了号，但那声“喂”一开始我没听出来，所以我继续说：“要给你介绍对象吗？虽是独生子但性格很好，长相也不错，身高稍微没有达到你想要的一米八的要求，你觉得怎么样，要不要看看？”

对方：“可是……我喜欢女的。”

看手机，原来是一个男性朋友，跟室长同姓，名片夹里跟室长上下排着。

尴尬地马上说打错了。

对方大笑：“我相信，因为我对女的没一米八的要求。对了，你老公说他还在长高，怎么回事？您都怎么给他补的？指点指点，我要再拔高五厘米就发达了！”

我也很想知道怎么回事，于是晚上我便问徐微雨：“你还在长高？”

“是啊！我这两天睡觉的时候总是有踩空的感觉。”

我抹汗，“那是缺钙了吧？”

微雨：“……”

同徐微雨网上聊事情的时候，我有点事要走开下，于是跟他说：“回来再说。”

然后回来后，看到屏幕上一堆字：“广告之后再回来什么的最讨厌了！”

“你走了就别回来了！”

“你走！你走！走出这扇门就别回来了！”

“我就知道我们之间从来都是我在付出！”

我回：“怎么没有那句最经典的‘感觉再也不会爱了’呢？”

徐微雨：“你的免疫力强大了吗……”

晚饭后，散步回来，过马路，有车子闯了红灯，从我身前掠过去，徐微雨立刻拉了我回来，他瞥了那车子的车牌一眼，说了句：“等着收双重罚单吧，二货！”

两人穿过马路后我问他：“如果有车真的撞上来了，你会怎么做？”

微雨：“那还用想，推开你，我倒地上，你回来讹钱，讹不死他！”

我无语，“讹人不可取吧？”

“我们肯定是守法过马路的，会撞上来的都是不长眼的，不长眼的跟他客气什么，讹死他！最好后面的生活费都由他付，生病了打他电话，想吃东西了打他电话，哼哼。”

“你们这算是谈恋爱吗？”

“……”

徐微雨在跟人电话，“当一件事我说‘不高兴’的时候，你们就别再浪费口舌了，不管你怎么说爷我都不会答应的！多说了，一、惹得我更加不高兴，二、我还是‘不高兴’。”

我后来对他说：“你通常十件事情里会有九件会说‘不高兴’吧，unhappy sir？”

微雨：“但我对着你无时无刻都是 happy sir，简称 H sir！”

不知道他明不明白 H 的意思？

有一天我随口问他，“Happy sir，你觉得最让你 happy 的事是什么？”

微雨：“H！”

“……”

晚上看电视，这段时间北方大雨，我们这边天天大太阳，我就说：“怎么不分点雨到我们这儿？”

徐微雨听了，点头说：“就是说啊，雨露均沾嘛！”

朋友：“一句话证明你是家里的主儿！”

微雨：“我掌握家中经济大权噢！”

我：“……你开不开心我说了算。”

“……”

CHAPTER

28

一点回忆

第二十八章

高中的时候，晚自修后回家，跟徐微雨很纯洁地走在路灯昏暗的小道上，然后，遇到了一帮其他学校的学生，拿着小刀说："同学，拿点钱出来给我们花花吧？"

微雨当即说："跑！"说完就跑出了好几米远，我还愣那儿忙着掏钱呢，真吓到了。只听说过有这种半路打劫的，遇到是第一次。

只见徐微雨跑出几米，回头看我还傻站着，又跑回来，抓了我手再跑，然后听到后面破口大骂："你小子胆子还挺大啊，还敢跑个来回！"

我忍不住要笑出来，但那种情况下还是没胆真笑。

他们追了一会儿，当我们跑上大路的时候虽还听到他们的骂声，却是不追上来了。

而这事，我一直以为会有很凶残的后续，结果，到我如今快三十了，也没后续。

我后来问及徐微雨这事，"你当初是不是暗中做了什么？导致他们没有来找茬。”偷偷送了钱？还是叫了帮人去反恐吓？反正，他都干得出来。

徐微雨语重心长道：“你想多了，那事发生的隔天不是周末吗？你跟你朋友去剪头发了，剪短了，而我眼镜那天回家被我睡觉压碎了，就索性去配了副隐形眼镜。所以，他们认不出我们来了……你知道吗？据说那群SB有找我们噢，‘女的长头发，男的戴眼镜’，哈哈哈哈找死他们！”

“……”

高中一年级一次数学小考，我比较在行的一门课。

做完题目后，我看时间竟还有半个小时，提早交卷太抢眼，不符合我的作风，再加上昨晚上睡得不好，有点失眠，于是就倒头睡觉了。

然后，五分钟后，我听到身边有人走动。

微雨的声音：“走开走开，空气都没了。”

“她又晕倒了？雨哥赶紧背医务室去啊。”

“我知道我知道。”

“雨哥要不要先人工呼吸？”

“我看看我看看。”

我抬起头，“……”

我只是提早做完，趴着休息而已啊亲。

高中分班后，微雨伙同他们班的一群男生白天逃课，去打游戏，据说当天玩爽了爬墙回来被逮住了。

隔天全校通报批评，还要他们在广播里读悔过书。

当教室前方广播里的声音轮到徐微雨时，他的声音里似乎带着点笑，“咳咳，不好意思！本人徐微雨，昨天因为一时冲动犯了错，以后保证不再犯相同错误，我会好好学习天天向上，努力学习马克思列宁主义、毛泽东思想，学习建设有中国特色社会主义的理论，不断提高为人民服务的本领……”

后面传来咕哝声，“徐微雨你熊的直接抄我的入团申请书！”

微雨：“别闹！我这次的悔过真的很深刻，希望老师可以相信我的悔过之心。另外，文科班的某人，情人节 happy！”

有人在后面低声起哄：“老师，有人公开早恋！”

微雨：“我有说谁吗？我是在跟文科班的老师们说情人节快乐，当然还有理科班的老师！祝老师们年年有今日岁岁有今朝！好了接下来谁了？快点！”

我：“……”

现在想想他那话槽点好多。

大学时期，电话聊天。

徐微雨说：“我最近在想以后咱俩的孩子叫什么名字。”

我：“你想得太超前了吧？”

“别啊，早点想好早安心啊。”

“那你想出来叫什么了吗？”

“没啊，这不找你商量嘛。”随后他认真严肃地说，“首先要确定姓氏，清溪你是嫁给我还是要我倒插门？”

“……”

微雨曾被男人表白过，那是一次旅行中，在苏格兰街头散步，有一长相很猥琐的大叔对着经过的徐微雨高喊了声：“I love you！”这次事件导致微雨同志心理扭曲了，很长一段时间里，他睡前会对我说：“抱我，让我痛，让我忘记那不愉快的经历。”

“你不是不看小说的吗？”

“回你婆婆家的时候，陪着你婆婆看了两集偶像剧。”

偶像剧威力很大啊，我问：“你真的确定要我来折磨你吗？”

“嗯嗯来吧！”

“皮鞭？”

“……”

“扫帚柄？”

“……”

“鸡毛掸子？”

“……”

CHAPTER

29

新 年 好

第二十九章

母亲打电话过来的时候没接到，于是回拨过去，我：“喂，妈，你刚打我电话？”

母亲：“嗯。”

我：“有事？”

母亲：“没事啊。”

我：“哦。”

母亲：“你有什么事吗？”

我：“我也没事啊。”

于是两人就挂了电话。

过年前大扫除，母亲和婆婆，还有我两位阿姨都来帮忙了。

徐微雨也在那儿忙，忙着擦摆在高处的装饰品，然后我听到我母亲喊了声：“小心！”

回头就看到徐微雨在擦的一件青花釉里红瓷器，地摊上淘来的，不贵，但是挺漂亮，也挺大……看着那大圆瓶生生落了下来，我以为徐微雨会以迅雷不及掩耳之势抓住那花瓶，结果，那家伙，侧开，两脚一前一后划开半弧形，腾空翻滚了半圈……

花瓶碎在了地上，而他以潇洒的姿势背对一摊碎片。

四位长辈都用惊诧的眼光看着这二货。

我也当场呆住了。

好半天，我母亲笑出来，然后阿姨婆婆都笑喷了。

微雨晚上就抱着我，哭丧着脸说：“时不时要下去军训的人都是折翼的天使啊！”

过年走亲戚。去一家不常走动的远亲家。我父母和小弟先过去了，我跟微雨从住处出发，比较远，到的时候人都已经就座。

小弟一见我就举手，“姐，这边！”

微雨过去跟我父母打了招呼，然后对着小弟就说：“你今天穿得够潮的啊？”

小弟扭头没理他，跟我说话：“姐，怎么那么晚？”

微雨：“路上堵车。”

小弟看着我说：“晚上你回家不？”

微雨：“当然回家，不回家住哪儿？”

小弟终于正视徐微雨，然后故意说：“哦？你也来了？”

微雨颤抖着声音说："是啊——我来了这里上千年了——终于有人看到我了——等你吃完饭我就跟着你回家——"

小弟脸都气红了。

而周围的亲戚，包括主人家，都齐刷刷朝某人看过来。

徐微雨还笑眯眯说了句："爷玩的就是心跳。"

周围人都笑出来，包括我一向严苛的父亲也笑出来了。

过年的时候打牌赢了一千。

朋友 A：清溪你运气很不错啊。

朋友 B：我今年输了很多，手气各种差！话说清溪我们约你打牌你从来说不来的，跟谁打啊？还赢了上千块？

我：徐微雨啊。

朋友 A、B：我去！

我觉得我有必要解释下，他不曾放过水，他是从来手气差。

过年放烟花。小弟在阳台上，徐微雨在楼下，小弟喊："你点火啊！"

徐微雨："点毛，叫我老婆出来先啊。"

我站玻璃窗里面，"太冷了，你们玩儿吧。"

小弟："我姐嫌冷不高兴出来，你快点放吧，磨磨蹭蹭地干吗啊！"

微雨："话那么多，有种你下来！"

小弟："下来就下来！"

然后小弟噔噔噔地跑下去了。我等了半天，都没见窗外亮起来。我担心他们会不会打起来了，刚推门出去，就听到声音，然后天空被五彩烟火点亮绚烂开了。

楼下有个家伙在喊："新年快乐！老婆！"

"Happy New Year！姐！"

"Glückliches neues Jahr！"

"Nuovo Anno Felice！姐！"

"你那什么鸟语啊？"

"你才鸟语，我同学教我的！"

"你那什么同学啊？"

"意大利人！"

"人家那是骗你的！"

"你才是骗我！鄙视你！"

……

我："……"

这一生，不求大富大贵，只求年年有今日，岁岁有今朝。

POSTSCRIPT

01

小弟的碎碎念

番外一

（小弟的初稿因为很多句子不通顺，所以顾清溪修改过。）

1.

我为什么讨厌徐微雨？那要从很早以前说起了。

小时候，我姐放学后来接我。在我姐骑车载我回家的路上，偶尔会碰见徐微雨。他跟我姐说话的间隙，还吓我，说什么“你背后有个黑影”、“坐你后面的那个满脸是血的人是谁”这种，我到现在还记得清清楚楚。

要说我从小到大怕什么，就两样，一样是怕长不高，还有一样就是这种鬼怪的东西。

还有一次，我记得那天是周末，我姐接到徐微雨的电话，就带我一起出去了。原来他被一辆电动车撞了，不敢叫他爸妈，就叫我姐出来带他去看脚。看完后他就坐我姐自行车后面，让我姐推着他走。我姐推得满头大汗，他还嬉皮笑脸，也没说谢谢什么的。

（顾清溪：我年少时是有点胖的，当时徐微雨还说了句“加油推啊，刚好让你减肥”，于是小弟一路都没给徐微雨好脸色。）

2.

小时候因为父母做生意都很忙，没空管我跟我姐，所以基本上我是由我姐带大的，我姐是奶奶带的。但我知道我奶奶不喜欢我们（顾清溪：其实奶奶只是不喜欢我，因为我是女的，老人重男轻女的思想很严重）。

我妈说我姐小时候跟奶奶要糖吃，我奶奶有也不给她，她就看着奶奶把糖都给了我堂哥，不哭也不闹。现在奶奶老了，唯一一个每个月给奶奶零花钱的人就是我姐（顾清溪：我让他写从小到大值得记录的经历，最后成“歌颂”我了……）。

3.

我还在国内读书的时候，离我家不远的一户人家里养了一条大狗。那条狗特别“尽忠职守”，一看到陌生人就开始狂叫，有时候主人还不把它拴好，甚至放出来让它随便追人。

我每次上下学走那段路都很怕，虽然我很喜欢狗狗，但还是挺怕那种凶残的狗的。不过这事我没跟我爸妈说过，他们太忙，基本上比我还晚回家呢。

但我无意间跟我姐提了下，然后我姐，这个我们家胆子最小的人，二话不说就跑去找那家人理论。

她说不能放狗出来吓小朋友，但是那家人却不当回事。我姐就脸红脖子粗地跟他们说：“如果你们养的狗咬我弟弟，我一定会来跟你们算账的。”

我们站在人家家门口，人家是大人，我跟我姐就是两小孩，但她一脸无畏地挡在我面前，就跟钢铁侠似的。

后来没过几天，我们就听说那狗咬了人，最后那家人就把它卖到了饭店里……

我姐很可惜地说狗没错，错的是没教好它的主人。我特别同意我姐的话，这样的人就没资格养狗！

说到狗，我想起来外婆活着的时候养了好多兔子，后来外婆去世，舅妈就说要把那些兔子杀了直接上餐桌。

我姐气疯了，挡在兔子棚外面，不让厨师去抓。

我舅妈这人特别坏，外婆活着的时候她不孝顺，外婆去世了她还要杀掉外婆的兔子（顾清溪：汗，这孩子说话就是这样直接）。

可是外婆养兔子也是因为兔毛能卖钱，而不是为了食用。所以我姐不让他们杀兔子。

那些人无法理解我姐，觉得她莫名其妙，还推她。

我火了，冲上去直接吼道：“不许杀我们外婆的兔子，也不许推我姐！”

我跟我姐差八岁。我姐基本上是自己长大的，因为我奶奶除了给她吃饭，其他基本不管她，我差不多是我姐带大的，她十来岁就会做饭了，虽然不太好吃；我生病她送我去医院，我开家长会她去参加，谁欺负我，她会二话不说去跟人吵，去给我讨公道。所以我很敬重她，也绝不能让别人欺负她。

4.

我姐说要写值得记录的事情，好吧……

我在国外这些年，没有什么印象特别深刻的事，除了伙食差、物价贵，还有就是认识了 Peter。

我这个美国人朋友特别值得写一下。

去年三月我去美国玩，Peter 带我去他家。刚出机场上了车，Peter 就说：“看，机场这边到那边，看到了吗？到那边，这地面上的所有产业，都是我家的。”

这么大规模的炫富，我是第一次遇到，所以印象特别深刻。然而这还没完，快到 Peter 家时，我说：“你车开太快了吧，不怕被开罚单吗？美国也有测速的吧？”

Peter 说：“这块地，就是我们脚下这块地，是我家的，这条路是我家修的，所以我在自己家的路上开快车，警察无权管我。”

嗯，我决定跟 Peter 做一辈子好朋友！

对了，还有就是进酒吧时千万千万不要请人喝酒，也不要喝别人请的酒，不是怕酒里有迷药什么的，而是怕人家以为你要跟对方一夜情啊……

还有，同性请的酒也不要喝！当年纯真的我差点就出事……

5.

小弟："姐，我没文笔，你记得帮我修改下，否则我会很没面子。"

顾清溪："不修改也行吧，大家喜欢看你真实的文字。"

小弟："不要啊！不修改就像没穿衣服被人看一样啊！"

顾清溪："你这比喻……"

小弟："一定要帮我改啊！要改得看起来很有深度很有学识那样。"

顾清溪瞟了下他写的文章后，回："你这个……怎么改也不可能改到有深度的。"

小弟："……"

顾清溪："对了，徐微雨其实挺好的，你真的不打算跟他改善下关系吗？"

小弟果断傲娇道："对，不打算！我面对他就是易燃易爆的性格，除非他到死都对你好，那我会尊敬他。"

咳咳，还真是"至死方休"哪。

POSTSCRIPT

02

他和她和他们

番外二

1. 她和他和他

“我们结婚吧！别的不多说，只要我活着，就会对你好。”

徐微雨跟我说这句话的时候，我正在我老家的阳台上给那株快死的芦荟浇水。听完后我问：“你这是求婚吗？”

徐微雨拿出戒指，认真而又深情款款地说：“是的，跪我就不跪了，我们都十几年交情了，反正我心里面给你单膝跪过不下几百遍了。好了，那这事就算定了。”

这时小弟跑过来，说：“定什么定啊，你给我跪下！”

然后……

微雨：“大人说话小孩子别插嘴。”

小弟：“你不是在跟我姐求婚吗？你就要给我跪下！”

微雨：“我跪不跪关你毛事？”

小弟：“反正你、要、给、我、跪、下！你要求婚就要给我跪下！

你给我跪下！”

我：“……”

每次回想起当初徐微雨求婚的场景，我都觉得自己像是个局外人。

2. 不算蜜月的蜜月

巴厘岛是我一直想去的一个地方——因为年轻时看的一部韩剧《巴厘岛之恋》。

出于“节俭”，我买了在香港转机的机票，结果在香港，徐微雨屁颠颠地去更新了自己的电子产品——机票钱白省了。

从香港出发，又坐了近五个小时的飞机终于到了巴厘岛。

在去酒店的出租车上，我对徐微雨说：“印尼这边部分有宗教信仰的男人是允许一夫多妻的，最多可娶四个，国家不会管。”

我见他听得很认真，便问：“是不是懊恼生错了国家？信错了教？”

徐微雨立即反驳：“怎么可能！”

我以为他接着要表示一下忠诚了，结果就听他说：“我怎么可能为了几个女人而放弃各类美食呢？！”

过了一会儿，徐微雨又说：“话说，当年我坐近十个小时的飞机去法兰克福，那时候特别不开心，人家说远距离恋爱只要坚持，还是会有结果的，可那会儿你都还没恋上我，咱们就远距离了，你说多恐怖。”

“我觉得还好啊。”

徐微雨用英文说：“司机停车，我跟她不认识。”

也不知道是那司机没听懂，还是觉得我们两个人太二了，总之他没搭理我们……幸好，不算太丢人。

跟徐微雨出国，最大的好处就是不用担心交流问题，这也是他经常在我面前显摆的。

但可惜的是，巴厘岛上说中文的人很多，包括不少当地的商人。

徐微雨买水：“Hi...”

印尼商人：“买什么？”

“你会中文啊？”

“会点。买什么？”

徐微雨悻悻然地拿着水回来：“那老板的中文说得还挺好。”

3. 又见相爱相杀

暑假小弟回家时，是徐微雨去机场接的人。

我当时在外地出差，之后听微雨转述他俩之间的对话，特别无语——

顾小弟一上车就给徐微雨脸色看，张口就说：“我想吃海鲜，吃螃蟹！”

徐微雨：“有点脑子好吧？现在还没到吃螃蟹的季节。”

小弟：“我、反、正、要、吃！”

徐微雨：“行，买给你，然后再来一袋柿子，满意了吧。”

小弟：“柿子跟螃蟹一起吃会死人的，你真当我傻子啊。”

“有时候你还挺聪明的嘛。”徐微雨摸了摸小弟的头，“Good boy！ Good boy！（招呼小狗语气）”

小弟：“……”

我出完差回来后的某天，对徐微雨说：“晚上小弟过来，他会在我们这住几天。”

他当即脸色大变。

我：“你怕了？”

“不是怕，是很烦！你又不是不知道他嚷嚷起来就没完没了，亏他都是二十岁出头的人了，还跟儿童似的！”

我心说，你不也跟儿童似的。

小弟来的当晚，我们决定去外面吃晚饭。

惯例，还没出门，那两个儿童就开始吵，因为谁都不想当司机而便宜了对方。

我：“我开车行了吧？”

小弟指着徐微雨说：“为什么不是你开？为什么总让我姐开？

你不是男人吗？”

徐微雨谦让道：“你是男人你开啊。”

我：“算了，都别开了，现在高峰期，坐地铁吧。”

地铁上，我坐中间，两个儿童一左一右兀自低头玩手机不讲话。

我问：“等会儿去的地方吃的挺多的，你们想吃什么菜系？”

徐微雨跟小弟都火速抬起头要提意见，我赶紧止住：“我不该问的，我定，找家杭帮菜吃吧。”

微雨笑道：“那几家杭帮菜馆，肯定排队排死人。”

小弟：“那么你去排队！我跟我姐去逛会儿。”

微雨嗤之以鼻，说：“做你的白日梦！来我这边住，没收你房费就不错了，还想占我便宜。”

这最后一句话听着怎么有点歧义……

因为是在地铁里，所以小弟只能压着声音愤怒道：“房子是我姐付的首付。”

但后期的房贷都是徐微雨在还。

徐微雨一听就笑眯眯道：“行，房子是你姐的。但你姐这人是我十几年前付的首付、如今尾款已经付清的所有物。所有物的所有物，不照样还是我的吗？中文学学好再来跟我斗吧，小样。”

小弟：“……”

之后下了地铁，去了某饭馆，果然人潮涌动，需要排号等位。

小弟：“这么多人我们要等到什么时候才能吃上？姐，我们换一家吧？”

微雨也不愿意等，所以没意见。

最后换了一家粤菜馆。

吃饭的时候小弟说：“姐，有朋友约我过两天去附近城市玩。”

徐微雨一听，拿出钱包，摸出一枚硬币，殷切道：“打算来一张说走就走有去无回的单程票吗？资助你五毛拿好。”

小弟终于怒不可遏：“你能不要跟我说话吗？！”

不知道有生之年能不能见到他俩好好说话的时候。

某日打扫卫生时，我发现书柜上有只类似天牛的虫子，不由惊叫了声：“有虫（虫的嘉兴方言发音是 shong 二声）！”

小弟闻声跑过来：“What？有蛇？！”等他看清楚是什么时，才略带失望地说：“什么啊，是虫子啊。”

一起走过来的徐微雨说：“你中文是跟你属相（狗）学的吗？”

小弟一下子没听懂，表情有些茫然。大概过了五秒的样子，他才明白过来：“你全身上下都是跟你属相学的！”

徐微雨：“我属老虎，老虎是动物之王——别跟我说狮子，生肖比赛时它连参赛资格都没有。作为你的王，去，开冰箱叼瓶可乐给我。”

刚刚两个人还好好地在一起看电视呢，怎么说“翻脸”就“翻脸”……

我听他们又没营养地斗了两句嘴，说：“各自让一步，海阔天空，OK？”

徐微雨：“他让我去死呢，那哪是一步啊，完全是掉悬崖下了好吧！”

4. 单身的理由

兰兰约我们吃饭，寝室长阿敏说：“没时间啊，周末都要相亲，这礼拜天要见四个，三餐都排不过来，唉，业务太繁忙了，只能再加一顿消夜了！聚会等我有对象了再说吧。”

兰兰跟达人一致表示：“等她有对象再见？那看来这辈子我们都见不到她了。”

那个周日，阿敏给我打电话：“消夜实在吃不下了，最后那个人推掉了。”

我劝道：“差不多就行了，你别要求太高。”

阿敏：“我没高啊，是人家太高！”

我：“……”

达人后来在群里安慰阿敏：“其实你长得还行，就是黑了点、胖了点、矮了点、气质差了点、穿衣品位大妈了点，性格还好，就是固执己见了点、不知悔改了点、好吃懒做了点。像你这样的人竟然还一直找不到对象，我真的很难理解呢。这社会到底怎么了？！”

阿敏："就是说啊！"

看着这种友谊，我被深深感动了。

阿敏又说："我老爸说，要给我买第二套房子了。他说要把我嫁出去，用一套房子当嫁妆看来有点难度。真的是亲爹啊！爱你老爸，么么哒！"

众人："……"

兰兰后来总结：单身的原因，不是找不到合适的，就是忘不了某个人。

5. 一秒毁掉小清新

朋友来家中玩，一边优雅地喝着茶，一边跟我畅谈理想："等我富裕了又心静如水后，我要与我的爱人啊、狗啊，面朝大海，春暖花开去。"

徐微雨："你爱人和狗答应吗？"

朋友："你走开。"

又有朋友来问我出国的话哪里好玩，还问我去过希腊、意大利、西班牙吗，我说通通没有。

朋友憧憬道："真想去看看那些风景如画的地方。"

一秒毁人梦想的徐微雨又来插话了："那些地方啊，我也曾向往过。去了才知道童话里都是骗人的，各种脏乱差，我在法国地铁里被偷过，去报警，警察完全不管事。还有意大利、西班牙，小偷也是猖狂得可以。”

朋友哭：“徐大爷，求你别跟我说话，别破坏我的美好幻想，OK？”

我的那些朋友，对徐微雨一秒毁掉小清新的属性又爱又恨——恨他不给人留点YY的余地，但有时又不得不承认他说的多数是对的。

6. 以色事妻

我跟徐微雨有一套小房子，正艰难地还着贷款。

这天中午，徐微雨回来吃午饭，一进门就说：“岁月走的速度比心老的速度快，是无奈，反之，是可怜。”

这句话我曾经发在微博上过。

“你吃错药了？”

微雨“嘁”了一声，“我只是坐电梯上来的时候，看着镜子里的自己，想我这种容颜惑人、心态良好的人真的是天生丽质难自弃啊。”

我忍不住笑出来，“天生丽质难自弃，一朝选在君王侧。”

徐微雨愣了下，娇声娇气道：“小丫鬟真会说话。想要什么，说，本娘娘赏你。”

晚上，徐微雨在书房里跟人语音，对方说：“幸哥（因为他网名是小幸福），你什么时候上游戏？求来给我助纣为虐。”

“等会儿，哥在剥石榴吃。”

“我说，你能吃点别的水果吗？石榴这玩意儿那么耗时间！”

“行了，吵死了，洗下手就来。”

徐微雨洗好手从卫生间出来，看我在整理东西，突然问我：“你对我玩游戏怎么看？”

我说：“现实中压力已经这么大了，不能把能让你放松的娱乐活动给剥夺了。当然，如果你沉迷，果断取缔。”

“哪能啊，我是那种会沉迷的人吗？”说着他就过来给我捏手臂了。

“幸哥，你好了没啊？”书房里传来洪亮的声音。

“来了来了！”扔下我的手他就飞快地跑了。

徐微雨：“我们速战速决，老子媳妇还在等着跟我恩爱呢，没空陪你们这群单身狗打持久战。”

跟他打游戏的多数是他的老同学，还有一些是经同学介绍认识而混在一起玩的。

所以有一次我便听到有人问他：“对了，幸哥，你是从事什么工作的？”

徐微雨：“主要从事以色事妻。”

我：“……”

对方：“……”

7. 异于常人的思维

上小学的时候，徐微雨学过一段时间的小提琴。等上初中后他基本就不碰了，偶尔碰也是在班里搞活动需要有人进行才艺表演的时候。

徐微雨拉小提琴的水平不怎么样，充其量只能算能听。

工作后，徐微雨的单位有一次搞活动，他就又带着他的小提琴上阵了。

那天晚上回家，他可怜兮兮地对我说："我被人丢钱了！老杨那家伙，打赏了我一块钱，太过分了！就我这外形，少说也得扔五块啊！"

入冬后，徐微雨的情绪就变得很低落："迟到一次要扣二十块钱，真忧伤，现在天那么冷，实在起不来，我就想啊……"

我："想什么？决定以后要早睡早起了吗？"

徐微雨："不是。我在想……要不要把迟到包月六百块一次性交清得了。"

我："……"

周末，在银行办业务等叫号的时候，一个小男孩，大概四五岁的样子，一直在我面前晃来晃去，我便掏出包里的一小包饼干递给他。我俩正"交易"的时候，孩子的妈过来了，教育小孩说："下次陌生人给东西不能拿，万一是拐卖小孩子的呢！”

我听得有点尴尬。

旁边的徐微雨听了，笑道：“有理！”然后转头跟我说，“以后不要随便给陌生人吃的，万一看你讨喜把你拐带走了呢。”

他话里没有讽刺意味，纯粹逗趣。

旁边的孩子妈也笑出声来，对我们说了谢谢，带着孩子走了。

我看着徐微雨，他一脸骄傲道：“有啥话，说吧。”

我摸着他脑袋说：“有夫如此，夫复何求啊。”

徐微雨愣了一秒：“这话听倒是听到过，具体啥意思啊？”

我：“……”

8. 不信邪

2015 年年初我去日本，在浅草寺抽了一张签——小吉。

回国后，徐微雨看到那签就怒了，里面有事业、身体状况等，还有婚姻家庭。关于婚姻家庭说的是：你等的人还没出现。

“什么？还没出现？老子难道是鬼吗？没我们国内的寺庙可靠。差评！”

其实我当时求签时心里想的是，孩子什么时候来？

后来有一次跟徐微雨去苏州，在某园林里，看到一只石乌龟，边上有个旅行团的导游正在解说，摸头得财，摸尾得什么的，反正四个方向都有所得。徐微雨在导游说的时候，把四个方向都去摸了一遍，导游意味深长地看着他摸完后，说了一句："年轻人，四个位置都摸了就是四大皆空。"

徐微雨愣了一下，随即淡定道："我不信邪！"然后面不改色地再次伸手去摸了下石乌龟的头——招财。

9. 认一人过一生

跟徐微雨饭后散步时，迎面走来的一个男人长得很像某韩国明星，我不由多看了两眼，当我看到对方左手无名指上戴着戒指时，又忍不住叹息了一声，旁边的徐微雨立刻道："看什么看，叹什么叹，你左手无名指上也戴着戒指呢！"

我当时是感慨果然好男人都结婚了，为我那群每周都在相亲的女性朋友们担忧。

徐微雨又说："你不觉得那种帅很肤浅吗？哪有为保家卫国而经受风吹雨打、日晒雨淋的战士帅！"

我："你不是只是技术人员吗？"

徐微雨马上不乐意了，铿锵有力道："我的精神每天都在浴血奋战！"

然而没过多久，徐微雨因为胃出血，半夜进了医院。

我后来问他："你虽然整天笑嘻嘻的，其实你的工作压力很大吧？"

徐微雨笑着说："是啊，每天在办公室……相思成疾。你说压力大不大？”嬉皮笑脸完，他又说，“放心吧，只要有你在我身边，任何难题、任何困扰都打败不了我。”

有时，他会躺在我身边开始学我失眠，于是我们两人经常半夜开始聊天。

我：“我脑子里想的，无法用最恰当的文字表达出来，这种感觉真糟糕。”

微雨：“你写的，人家看了，能看明白，有所感触，这就够了。你别对自己太苛刻——这也是种病，俗称自我折磨。哥跟你说啊，人活在世上，不能亏待对自己好的人，更不能亏待自己……”

我打断他：“那爸妈他们想让你换工作，你怎么不换？他们怕你十年后得胃癌。”我也想过让他换份工作，但又不想太干涉他。

徐微雨：“他们太夸张了。”

我：“马云都说十年以后三大癌症将会困扰中国每一个家庭。”

他深情款款地跟我说：“放心吧，我一定努力活得比你久。”

我：“……”

微雨：“因为我怕我死在你前面你不好过，睡不好吃不好的，想到这些，我就受不了。所以无论如何我都要活得比你久，你走了，我再后脚跟你走。”

“为我殉情？”我只当他是在瞎扯，于是也陪着他扯。

他却嘿地笑了声，不说下去了。

我心说，他不会是认真的吧？

然后自己也不由开始设想如果他先走了，而我是什么感受……

结果光是想象就已经无法忍受——如果真有一天，独剩我一个人在我跟他生活了很多年的房子里，我知道最难熬的不是孤独，而是想念却见不到的无望。

以前在网上看到一位失去爱人的老奶奶说：二十年前我就开始远距离恋爱了。

我说："微雨，我们争取再也不要远距离恋爱了好吗？年轻的时候一次就够了。"

我等了半天都没回应，回头一看，他早已经睡了过去。

……

我与他，相遇在少小时，懵懵懂懂成了青梅竹马，一人爱闹，一人爱看，看着看着就长大了；一人爱说，一人爱听，听着听着就明白了。

一辈子那么长，可又那么短，过着过着，也就白头了。

后记

我的朝花夕拾

其实当初写这篇文只是想记录下生活中的美好甜蜜片段，以便以后老了回忆的时候有迹可循。

但是没想到这篇文会有出版的机会，因为毕竟有点自传体小说的意味，属于很私人的东西。但很多读者看了都觉得温暖好玩，仔细想想，如果出的书能让更多人看到，并且看到后能够会心一笑，也算是一件很美好的事情，于是有编辑提到要把它出成书的时候，动心了。

对于出版书名《满满都是我对你的爱》，我个人倒是蛮喜欢的，征求某人的意见时，他很得意地说：“终于对我发出如此深情的告白了！”我汗。

而征求小弟的意见时，他先是说：“你这样说人家会不好意思的。”然后又说，“记得版税分我一半！”小弟变得很资本主义了。

我知道或许有的读者对《我的朝花夕拾》有着先入为主的喜爱，但其实《满满都是我对你的爱》也蛮符合这个文的调调，还可以简称《满满》，感觉蛮有爱的。

写《满满》的过程是很开心的，有些是边回忆边写，每每回想过去，忍不住会笑出来，那些一起笑笑闹闹、天马行空的朋友们，我在文中说过一句“总有一些人想让人回到过去”，他们就是。我们在人生路途中因缘相遇、结交，最后各自去过自己的生活，友人虽不会是一辈子陪伴在身边的人，可谁说偶尔的联系、偶尔想念了的见面不是天长地久的相随呢?

《满满》除了对友情的纪念，便是写身边的二货了。都说二货虽然二，但也欢乐多，这话倒不假。也是因为二，才能时不时地给我提供写作素材。听小弟犯二说了句什么，我会马上说：等等，让我记下来。他总是很委屈，说姐你干吗老写我啊，人家我多不好意思啊。

我说，你能让好多姑娘会心一笑，这是你的价值，你应该感到无上荣幸。

这话我说过好几遍。

小弟最后说，好吧，那我就做她们的开心果吧。

这孩子不管长多大，都是挺听话的，不像另一名高级二货，徐微雨的现实版。说真的，现实中的某人，徐微雨的优点他都没，缺点他都有，这是他自己说的。动不动闹脾气，隔三差五玩忧郁，时不时求安慰，折腾起来特厉害，我一直没想通，我从来欣赏的都是成熟稳重体贴的男士，怎么就喜欢上了跟心目中的骑士完全相反的人物。后来想想，也对，世上大多数事都是“事与愿违”的。笑。

《满满都是我对你的爱》里，我写了人世间最珍贵的三种情，我们都拥有的三种情：亲情是上天所赐的最大的缘分；友情是你想要回去的那一段共同时光；爱情，是一辈子的约定。我将这三份感悟记录下来，成就了《满满》，也圆满了我，不得不说《满满》是我写得最快乐、最轻松的一本书。

你如果看了《满满》而笑了，那我便得到了写这书最大、最好的回报。

《满满》，其实就是一颗开心果而已。

图书在版编目（CIP）数据

满满都是我对你的爱：典藏版 / 顾西爵著. -- 南昌：
百花洲文艺出版社, 2016.7
ISBN 978-7-5500-1784-9

Ⅰ. ①满… Ⅱ. ①顾… Ⅲ. ①言情小说—中国—当代
Ⅳ. ①I247.5

中国版本图书馆CIP数据核字(2016)第130856号

出 版 者 百花洲文艺出版社
社　　址 江西省南昌市红谷滩世贸路898号博能中心A座20楼　　邮编：330038
电　　话 0791-86895108（发行热线）0791-86894790（编辑热线）
网　　址 http://www.bhzwy.com
E-mail bhzwy0791@163.com

书　　名 满满都是我对你的爱（典藏版）
作　　者 顾西爵
出 版 人 姚雪雪
出 品 人 李国靖
特约监制 何亚娟　燕　兮
责任编辑 程　玥　游灵通
特约策划 何亚娟
特约编辑 燕　兮　静静张
装帧设计 郑力珲
绘　　图 VIVID雨希
经　　销 全国新华书店
印　　刷 北京彩虹伟业印刷有限公司
开　　本 1/32　880mm × 1230mm
印　　张 9
字　　数 170千字
版　　次 2016年8月第1版
印　　次 2016年8月第1次印刷
定　　价 39.80元
ISBN 978-7-5500-1784-9

赣版权登字：05-2016-169

满满都是我对你的爱

写给最心爱之人的深情告白书

顾清溪
买一送一，买一只徐微雨，赠送一只顾小弟。

徐微雨
妞，给爷笑一个，不笑？那算了，爷给你笑一个！

顾小弟
不要去上学啊！谁要我，我可以全职卖萌的！

午饭后徐微雨打电话过来问我是否有空，我说得陪小弟。

小弟在旁边
看着我打电话。

直到我挂断，他才幽幽地说了一句：

比起我，徐微雨的安全感似乎更加欠缺。

清溪，打我一通电话，
我感觉一下手机在身
上吗？

给，你的手机。

好吧。
嘟。

嗯，一大早就开始想我了啊！

貌似他欠缺的不是安全感，而是欠虐……

有一天跟好友电话，对方一直抱怨。
话说我还是处女啊！一个快三十岁的处女啊！苍天啊！我想找一个破处的男的都没有啊！
同病相怜，我也还没破处呢。
咦？

这时，正洗完澡出浴室的徐微雨愣愣站在了原地，然后扭捏状。

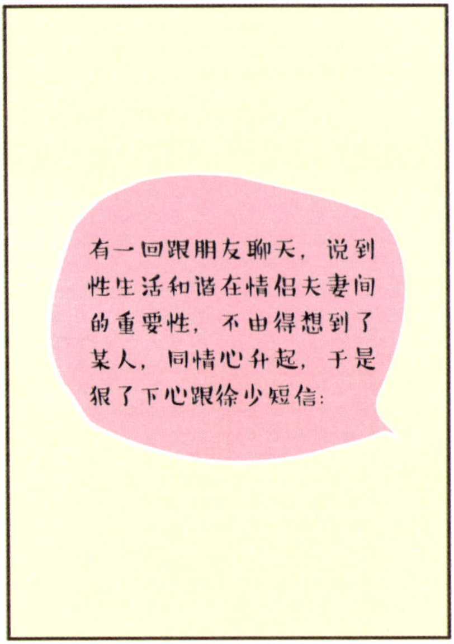
有一回跟朋友聊天，说到性生活和谐在情侣夫妻间的重要性，不由得想到了某人，同情心升起，于是狠了下心跟徐少短信：

我们晚上要不要……
要什么？
圆房。

还是打个电话过去敲定吧。

徐微雨当日下班后马上冲回了家。

呃……
这个……
那个……

美人，不要
害羞啦。

我大姨妈来啦！

凌迟处死也
不过如此。
斩
兵

落寞

然后，

徐微雨这段时间在默默地添置野营工具，帐篷、睡袋……

终于有一天，大概万事俱备了，他推开书房门。

清溪，何时
有休假？
短期内没有。

好吧。
弹！
弹！

那晚他抱着我，手指着天花板。

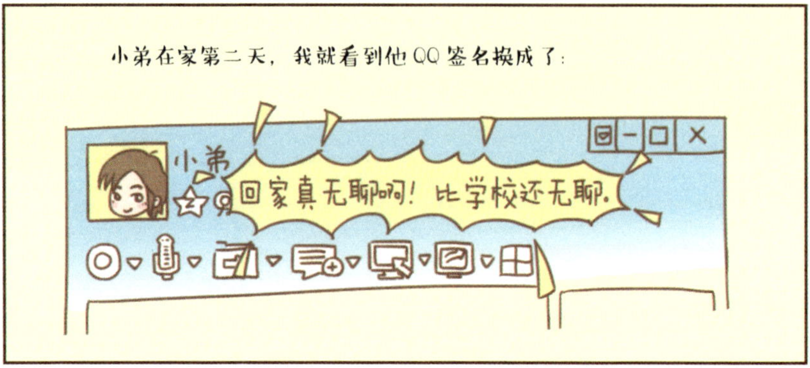
小弟在家第二天，我就看到他QQ签名换成了：
小弟
回家真无聊啊！比学校还无聊。

我当即跑到他房间，

我每天洗衣做饭伺候他，
他还说我很无聊！是可忍
我不可忍！

还无聊吗？
还无聊吗？
温柔的姐姐是恶魔啊！
老妈救命！

你喊破喉咙都不会有
人来救你的！

欧巴桑！你到底
发什么疯！
你还是赶快觉悟吧！

不知什么时候徐微雨站到了门口。

救命！
救命！

我该救谁呢？

清溪，你也对着我说一句‘你喊破喉咙都不会有人来救你的’吧。
……

一晚，跟小弟和男友去看电影。

看Y!
X!

那就Z吧?

好。
好。
买票去，
跟上!

徐微雨在国外的时候玩游戏玩得比较多点。

清溪的男人

而他的游戏人物名字叫:
清溪的男人。我看到时
深深冷了一把。

而小弟吵着跟他玩过几次游戏，因为在现实中杀不了他，只能到游戏里去痛快一把！

清溪的男人
霸气顾小爷
我是男人，不是明写着吗？
呃！

你就不能用一个正常点的名字？！
清溪的男人
霸气顾小爷

清溪的男人
霸气顾小爷
你说'清溪'这名字不正常?

清溪的男人
霸气顾小爷
你别血口喷人!我没说我姐名字不正常!啊啊,气死我了,你才不正常呢!你们全家都不正常!

清溪，你弟弟说我们家都不正常，我现在是你的人了，你说他是不是也在说你啊……
清溪的男人
必杀技！
召唤神兽
吼！
霸气顾小爷
啊！
你，你，你……姐啊！！！！！！
清溪的男人击杀了霸气顾小爷

小弟在家的时间很快过去，到尾声了他倒开始恋恋不舍了，QQ签名换成了：“不想走。”

但不想走还是得走，最后一天送他上飞机，已经比我高出两个头的男孩抱着我红着眼眶。

你我都知道，除了你，我谁都不会那么多话。